Isabella Bossi Fedrigotti
Unter Freundinnen

SERIE PIPER

Zu diesem Buch

Sie haben alles, was das Herz begehrt: Sie sind attraktiv und beruflich erfolgreich, sie stehen mitten im Leben und lieben interessante Männer. Und doch würde keine der zehn porträtierten Frauen von sich behaupten: »Ich bin glücklich!« Weder Cristina, die nur dann aufblüht, wenn anderen Unglück widerfährt und sie rettend eingreifen kann, noch Ludovica, die elegante Geschäftsfrau, die sich für ihren blasierten Dauerverlobten eisern in Perfektionismus übt. Da sind Francesca, deren üppiger Busen die Männer betört, für den sie selbst sich aber haßt, und Emilia, die witzigste und pfiffigste der zehn Freundinnen, die meint, daß die anderen ihr etwas voraushaben: Sie alle verkörpern die moderne Frau, die wir selbst sein könnten. Mit Raffinesse und spitzer Feder inszeniert Isabella Bossi Fedrigotti einen unterhaltsamen und hintergründigen Reigen der Frauen von heute.

Isabella Bossi Fedrigotti, geboren 1948 in Rovereto als Tochter einer Österreicherin und eines Italieners, lebt zur Zeit in Madrid und schreibt für den »Corriere della Sera«. Sie veröffentlichte ein Kinderbuch und drei Romane, unter anderem »Zwei Schwestern aus gutem Hause«, mit dem sie 1991 ihren literarischen Durchbruch erzielte.

Isabella Bossi Fedrigotti
Unter Freundinnen

Geschichten

Aus dem Italienischen von
Monika Lustig

Piper München Zürich

Von Isabella Bossi Fedrigotti liegen in der Serie Piper außerdem vor:
Zwei Schwestern aus gutem Hause (2270)
Liebling, erschieß Garibaldi! (2331)

Ungekürzte Taschenbuchausgabe
Juli 2001

Titel der italienischen Originalausgabe:
»Il catalogo delle amiche«, Rizzoli,
Mailand 1998

Umschlag: Büro Hamburg
Stefanie Oberbeck, Isabel Bünermann
Foto Umschlagvorderseite: Getty Images / Stone
Foto Umschlagrückseite: Giovanni Giovannetti
Satz: Uhl + Massopust, Aalen
Druck und Bindung: Clausen & Bosse, Leck
Printed in Germany ISBN 3-492-23342-2

Cristina

Steht das Haus in Brand, holt Cristina das Beste aus sich heraus. Sie steigert sich noch, wenn es das Heim anderer Leute ist und die Flammen richtig hochschlagen. Alltagstrott, das tägliche Hin und Her, ödet sie an und macht aus ihr ein träges, pessimistisches und übelgelauntes Wesen. Eine richtig giftige Kratzbürste ist sie dann. Oder sie wird zu einem verlogenen Biest. In diesem Fall geht man ihr besser aus dem Weg und wartet ab, daß sich etwas Schwerwiegendes ereignet und sie endlich wieder im Rampenlicht steht und die Heldin spielen kann. Eine harmlose Krankheit, eine Unpäßlichkeit, ein Zwischenfall oder, hat sie Glück, ein richtiger Unfall, eine Verletzung, eine Operation – dergleichen versetzt ihr schon die ersten Adrenalinstöße, was natürlich noch nicht reicht. Zumindest aber wird sie aus ihrer Apathie, dem schrecklichen Dahinplätschern ohne Anfang und Ende gerissen, und ein Leuchten tritt in ihre Augen. Für sie setzt das wahre Leben, das eine Geschichte wert ist, erst mit einem Unglück, möglicherweise sogar mit einem Todesfall ein.

Wenn schon ein einfacher Gips, hohes Fieber, eine

schwere Geburt, eine Autokarambolage ihr einen Stromstoß versetzen und sie ihr Lächeln wiederfinden und erneut liebenswürdig und beschwingt sein lassen, ihr Atem geht dann schnell, als wäre sie stark beschäftigt oder verliebt, dann kommt das Schönste, das Beste erst mit den echten Leiden: das Bein eines Freundes oder einer Nachbarin ist nicht nur gebrochen, es muß möglicherweise sogar amputiert werden; aus einem völlig zertrümmerten Wagen wird jemand geborgen, für den sie sich zuständig fühlt und der vielleicht im Koma liegt und von Kopf bis Fuß zusammengeflickt werden muß – mit ungewisser Prognose natürlich; eine seltene, rätselhafte, langwierige und meist unheilbare Krankheit, die von ihr den vollen Einsatz als Fachfrau für das Medizinwesen erfordert.

Da geht eine Verwandlung in Cristina vor: sie nimmt an innerer Größe zu, ihre Schönheit erstrahlt in neuem Licht, ihr Haar glänzt, ihre Muskeln straffen sich; sogar ihre Kleidung ist gepflegter, und ihr Gang ist der eines lebenslustigen jungen Mädchens, nicht der einer Vierzigjährigen, die sie ist. Kann der vom Unheil Betroffene nicht auf eine Familie oder auf Verwandtschaft zählen, die auf der Stelle und uneingeschränkt disponibel ist und ihn ständig umsorgt, packt sie ihr Bündel und zieht ins Krankenhaus um, wo sie die Stelle der Krankenschwestern übernimmt; innerhalb von zwei Tagen hat sie jeden

Kunstgriff erlernt, und am dritten Tag schon ist sie ihnen an Tüchtigkeit überlegen. Nach einer Woche weiß sie alles, was der Arzt weiß, und auch wenn sie nicht wagt, ihn ganz von seinem Platz zu verdrängen, betrachtet sie ihn als einen Dummkopf, der den Ernst der Krankheit unterschätzt, nicht auf dem neuesten Stand der Forschung ist, einfach nichts taugt oder sich zumindest wenig Gedanken bei der Arbeit macht.

Ihren Patienten bringt sie keine Orangen mit, sondern spezielle ungezuckerte Fruchtsäfte – aus Heidelbeeren, chinesischen Mandarinen oder Hagebutten –, je nachdem, was sie für geeignet hält; sie beglückt sie mit selbstgebackenen Keksen ohne Butter und Ei, die auf der Zunge zergehen; damit füttert sie den Kranken den halben Tag lang, denn im Krankenhaus – so erklärt sie – kriegt der Arme nur einen widerlichen Fraß vorgesetzt, von dem er sich bestenfalls eine Vergiftung zuzieht. Musik zur Zerstreuung, Bücher zum Vorlesen, Zeitungen zur Information hat sie für den Leidenden dabei; sie versorgt ihn mit Wäsche aus reinen Naturfasern, die übermäßigem Schwitzen vorbeugen soll. Sie ist imstande, Stunden an seinem Bett zu verbringen, und bereit, auf einem Klappstühlchen hockend Nachtwache zu halten, ohne sich auch nur einmal hinzulegen und sich eine Pause zu gönnen. Stets hält sie einen feuchten Lappen, eine Tasse Kräutertee, ein freundliches Wort zur

Aufmunterung oder eine Arznei für ihn bereit. In diesem Engel mit dem glühenden Herzen, in dieser lächelnden, liebenswürdigen Krankenschwester, die außerordentlich qualifiziert ist und sich stets von der menschlichsten Seite zeigt – würde doch niemand die unausstehliche, giftige, niedergeschlagene Cristina aus den unglückseligen, langweiligen, uferlos normalen Zeiten wiedererkennen.

Es handelt sich bei ihr um das Brandlöscher-Syndrom: ohne Brände, die gelöscht werden müssen, ohne Überschwemmungen, Mauereinstürze, Erdbeben und Drohungen von Lebensmüden, sich aus dem fünften Stock, vom Glockenturm oder von der Brücke am Fluß zu stürzen, gerät der Feuerwehrmann in Bedrängnis. Genau wie er verfällt Cristina in Trübsal, wenn kein Unglücksfall in Sicht ist, der sie endlich zu einem Menschen macht, auf den niemand verzichten kann, der auf der ganzen Welt nicht seinesgleichen hat. Die Arme tut das, um sich zur Schau zu stellen, die Aufmerksamkeit auf sich zu ziehen, in den Augen der anderen liebenswert zu erscheinen, so lautet der gutgemeinte Kommentar der Freundinnen. Bekäme Cristina mit, daß man auf wohlwollende Weise von ihr spricht, daß man sie gar bemitleidet, geriete sie in Rage und würde ab sofort keine der Freundinnen mehr grüßen. Mit Sicherheit ließe sie deren Häuser abbrennen und würde keinen der Angehörigen oder Bekannten mehr pflegen wollen.

Falls in ihrem Umkreis nichts passiert, wodurch sie ihren Heldinnenstatus festigen kann, füllt sie in den Augen der anderen, wenn schon nicht in den eigenen, die mageren Zeiten damit aus, daß sie Mißgeschicke und persönliche Dramen erfindet und so zumindest in der Phantasie lebt. Reich ausgeschmückt erzählt sie in allen Einzelheiten von gewissen gefahrenreichen Abenteuern bei Verkehrsunfällen und Raubüberfällen, von Mißgeschicken und Krankheiten, von denen sie überraschend häufig heimgesucht wird, ohne daß sie je den Mut verlöre oder sich gar unterkriegen ließe. Daß all diese Dinge ausgerechnet ihr widerfahren, stellt sie nicht recht zufrieden. Denn es fehlt ihr an der Bewunderung, in der sie sich sonnen kann, wenn sie anderen zu Hilfe eilt. Aber im Namen von anderen läßt sich nichts erfinden.

Ihre Dramen, in denen sie derzeit steckt oder die drohend über ihr schweben, schildert sie mit einem solchen Pathos, daß man ihr einfach Glauben schenken muß – wohlwissend jedoch, daß man ihr nicht glauben sollte. Vergangenen Winter beispielsweise hatte sie einen Tumor im Endstadium und nahm schon voller Trauer Abschied vom Leben, Symptome und Verlauf der Krankheit erklärend, und vertraute ihre beiden kleinen Kinder der liebevollen Obhut von Freunden an. Wahrscheinlich glaubte sie selbst fest daran, andernfalls wäre sie nicht imstande gewesen, mit solcher Eindringlichkeit Störungen und Leiden zu beschreiben; sie muß wirklich davon überzeugt gewesen sein, um in den Niederungen echten Unglücks zu überleben. Einige Monate später ließ sie keine Silbe mehr über den Krebs im letzten Stadium verlauten: Sie hatte ihn schlichtweg vergessen.

Da jedoch weiterhin nichts wirklich Tragisches um sie herum geschah, das die stehenden Wasser des Alltags hätte aufwühlen können, klopfte eines Tages der Gerichtsvollzieher an ihre Tür und beschlagnahmte wegen irgendeiner wer weiß von wem ererbten und nie beglichenen Schuld ihr gesamtes Mobiliar. Auf irgendeine Weise konnte die Beschlagnahmung jedoch vereitelt werden, da die Möbel nach wie vor an ihrem Platz stehen.

Dann gab es den Vorfall mit der verrückten – oder betrunkenen – Haushälterin, die mit gezücktem Messer Mutter und Kinder die ganze Nacht kreuz und quer durch die Wohnung verfolgt hatte; bevor sie entwaffnet werden konnte, war es ihr gelungen, Cristina eine Streifwunde am Arm zuzufügen. Als Beweisstück der schrecklichen Nacht und des Kampfes von Frau zu Frau mit der rasenden philippinischen Aushilfe diente der Verband an ihrem Unterarm, der aber auch eine Verbrennung, einen Bluterguß, einen Bienenstich oder einen entzündeten Pickel hätte verbergen können.

Auch ein Zigeuner, ein Albaner oder Marokkaner

ist eines Nachts bei ihr eingestiegen, genauer gesagt in ihr Schlafzimmer, und hat ihr, der Schlafenden, mit der Taschenlampe ins Gesicht geleuchtet. Jede andere Frau wäre vor Angst gestorben. Cristina aber stürzte sich mit einem Satz auf den Einbrecher und hatte ihn so gut wie ergriffen und überwältigt, als ihr das Bein des Einbrechers, da sie vor Aufregung etwas feuchte Hände hatte, schließlich doch noch entglitt. So mußte sie mit ansehen, wie er mit einem Sprung durch das offenstehende Fenster, durch das er eingestiegen war, entkam und um die nächste Straßenecke verschwand. Der Beweis für die Missetat sollte ein Artikel in der Zeitung sein, und einige Tage später konnte man von einem identischen Unternehmen lesen, sei es auch in einer ganz anderen Gegend der Stadt.

»Hast du gesehen?« fragte Cristina, als sie zum x-ten Mal ihre Heldentat darlegte. »Das ist der, der bei mir war. Vor lauter Angst hat er das Stadtviertel gewechselt. Weißt du, daß meine Nachbarn sich immer wieder bei mir bedanken, weil der nicht mehr wagt, seinen Fuß in unsere Gegend zu setzen?«

Alles läuft jedoch besser, glatter und natürlicher, wenn der unerträglich günstige Wind abdreht und sie aus der Not befreit, immer neue Unglücksfälle zu erfinden, wenn statt dessen jemandem etwas Ernsthaftes zustößt und diesen zwingt, wochenlang ein Krankenhausbett zu belegen. Dann schlüpft Cristina mit überragender Professionalität in ihr eigentliches Gewand – das der Fachärztin für Chirurgie, Kardiologie, Orthopädie, Onkologie, Pädiatrie, Gynäkologie, Lungenheilkunde und natürlich das der Allgemeinmedizinerin – und läßt sich am Krankenlager nieder, um die Situation zu retten. Hätte sie die Möglichkeit gehabt, ein Studium zu absolvieren, wäre sie eine ausgezeichnete Ärztin geworden. Oft tut sie ihr tiefes Bedauern darüber kund, daß sie aufgrund der schlechten finanziellen Verhältnisse ihrer Familie auf ihre eigentliche Berufung habe verzichten müssen. Wer weiß, ob das so stimmt: Ein Arzt, der den Kranken beisteht und sie heilt, übt schließlich nur seinen Beruf aus, ohne sich deshalb als Held zu fühlen, und vor allem erntet er weder Beifallsklatschen noch Danksagungen.

Cristina findet sich in ihre Rolle ein, indem sie von dem Kranken Besitz ergreift: Sie gibt Freunden und Verwandten Auskunft, antwortet am Telefon, spricht mit dem Krankenhauspersonal, geht in die Apotheke hinunter, koordiniert die Therapien, lernt, den Verband zu wechseln; wird der Patient entlassen, übernimmt sie eigenständig die Aufgabe, ihn zu Hause aufzusuchen und die Behandlung fortzusetzen: Sie besorgt alles, was er braucht, wäscht ihn, legt Verbände an, verabreicht ihm Injektionen. Sie pflegt Männer, Frauen und Kinder, Männer jedoch am liebsten, weil diese von Natur aus nicht besonders geeignet sind, für sich selbst zu sorgen; bei ihnen kann sie sich in doppelter Weise unersetzlich fühlen. Außerdem mag sie Männer einfach lieber als Frauen und Kinder.

Es ist schon mehrfach vorgekommen, daß Cristina sich bei ihren häuslichen Krankenbesuchen – um Verbandmull zu wechseln, Medikamente abzuliefern, Massagen vorzunehmen und Einläufe zu machen –, zumindest bei leichteren Krankheitsfällen und in Bann gezogen von der besonderen, von höheren Mächten geschaffenen Intimität, ohne weitere Vorankündigung neben den Kranken gelegt hat und mit ihm, der angenehm überrascht war, begonnen hat, vorsichtig Liebe zu machen; der Geruch der Krankheit und die Notwendigkeit, die Begegnung ganz allein von Anfang bis Ende durchführen zu müssen, hielten sie nicht davon ab.

Behutsam, aber ohne zu zögern, macht sich Cristina in solchen Fällen ans Werk: Sie tastet sich voran, manipuliert und streichelt, kostet und küßt, erfindet und spielt, und sie versucht, leicht wie eine Feder zu sein, um ihren Patienten nicht zu erdrücken und ihn zugleich, stark wie eine Gewichtheberin, in ihre Arme zu ziehen, ihn festzuhalten, ihn gegebenenfalls umzudrehen und das anstrengende Match innerhalb einer angemessenen Zeit zu einem erfolgreichen Abschluß zu bringen. All das geschieht mit der gleichen selbstverständlichen Energie, mit der sie

Verbände wechselt, Kopfkissen aufschüttelt oder Bettücher straffzieht.

Man darf aber nicht meinen, daß es der etwas ungewöhnliche Ausgang ihrer Behandlungen sei, der ihre Augen funkeln läßt, ihr Kraft verleiht und sie in Erregung versetzt, wenn sie einen für ihren Geschmack ziemlich schwer Kranken vor sich hat: Die Sondertherapie hat keinen allzu großen Einfluß auf ihre Leidenschaft für die Erste Hilfe und die Notfälle, die sie an und für sich schon zur grenzenlosen Hingabe treiben. Das Finale ist ein Detail, das sie zu ihrem eigenen Ergötzen erfunden hat, eher noch zu dem des anderen, und es wäre falsch, nur diese besondere alternative Form von medizinischer Versorgung zu bedenken und darüber die vielen Stunden höchst traditioneller Krankenpflege und anstrengender Wache am Krankenlager zu vergessen.

Manchmal erzählt sie später selbst von der Sondertherapie, die dank starker Placebowirkung der Gesundung dient, und scheut sich auch nicht – solange sie sich im Stadium der Erregung befindet –, auf die Einzelheiten ihres persönlichen Engagements bei der Behandlung einzugehen: Sie spricht von der positiven Reaktion des Patienten, seiner vollen Befriedigung, aber auch vom heftigen Geruch nach Medikamenten, Schweiß oder möglicherweise Sperma.

Ist der Heilprozeß abgeschlossen, interessieren sie ihre Krankheitsfälle meist nicht länger, zumindest nicht in jener Hinsicht. Der gesundete Freund übt auf sie nicht mehr diese Anziehungskraft aus, da er ihrer personalisierten und vielleicht wundertätigen Behandlungsmethode jetzt nicht mehr bedarf. Er ist dann einfach ein gesunder Mann wie andere auch, und ohne den Vorteil der Krankheit muß er sich, um Cristinas Gefallen zu erregen, mit der normalen Konkurrenz herumschlagen (es hat auch schon Komplikationen gegeben, wenn der Kranke, vom Krankenlager auferstanden und zu neuem Leben erwacht, nicht willens war, so ohne weiteres auf seine Rolle als Objekt ihres Interesses zu verzichten).

Die erotische Variante, die sie bei ihren Behandlungen eingeführt hat, ist auf den ersten Blick nicht mit ihrem Streben nach Heroismus vereinbar: Es handelt sich eher um eine Laune des Augenblicks. Und diese Laune gönnt sie sich nicht so sehr wegen des fleischlichen Genusses an sich, sondern eher um die vor den Kopf zu stoßen, die sie mit Lob überhäufen, um die Routine zu brechen, die sich allzubald am Bett des Kranken einschleicht, um die grauenhafte Normalität zu zerschlagen, von der sie neuerlich bedroht ist. Die unvorhersehbare Wendung, die sie die Behandlung nehmen läßt, erfüllt sie hingegen mit Enthusiasmus, verleiht ihr das Gefühl, etwas Besonderes, Originelles, Ungewöhnliches zu sein, über die in allen Ecken lauernde Langeweile zu triumphieren.

Nicht selten kommt es vor, daß die Kranken, von denen Cristina in jeder Hinsicht Besitz ergreift, Ehefrauen haben, meist ihre Freundinnen, selbst wenn diese ihren kranken Männern keine besondere Pflege angedeihen lassen. Und da Cristina imstande ist, unbekümmert, mit einem verschmitzten Lachen, die eine oder andere Person von der Krönung ihrer Bemühungen in Kenntnis zu setzen, bleibt der Vorfall den gesetzlich Angetrauten ihrer »Fälle« nur schwerlich verborgen. Die meisten ziehen es im allgemeinen vor zu schweigen, da sie ihr dankbar sind für die Hingabe und auch für die Leidenschaft, die sie persönlich ihren Männern nicht mehr entgegenzubringen in der Lage sind. Sollte jedoch die eine oder andere den Mut aufbringen, ihr die Stirn zu bieten, bekäme sie im Gegenzug eine Abfuhr, die sie nicht so schnell vergessen würde.

»Was erlaubst du dir eigentlich? Als ich Ärztin, Krankenschwester, Sekretärin und Dienstmädchen für deinen Gatten spielte, wo warst du denn? Mit einem deiner Hausfreunde vögeln, kann ich mir vorstellen! Jedenfalls hast du dich einen Dreck um ihn geschert. Tausendmal habe ich dir Nachrichten hinterlassen, und nie habe ich eine Antwort bekommen. Wer hat ihm denn die Medikamente besorgt? Wer ging alle sechs Stunden zu ihm, um die Wunden zu behandeln? Natürlich war er nicht traurig, daß du nie da warst. Das mußt du wissen. Er hat mir erzählt, was du für eine Type bist und wie du ihm zusetzt, um ihm sein Geld abzuknöpfen. Laß ihn doch in Ruhe und gönne ihm sein Leben. Du hast sogar die Unverfrorenheit, wegen einer kurzen Nachmittagsnummer sauer zu sein, die ihm zwei Monate Krankenlager erspart hat? Siehst du denn nicht, wie er jetzt ohne Krücken im Haus umhergeht? Bedanken solltest du dich bei mir, denn du hast dadurch auch Kosten für den Arzt, die Krankenschwester, das Dienstmädchen und die Medikamente eingespart. Im übrigen kannst du völlig beruhigt sein, deinen Mann lasse ich dir mit Haut und Haaren, nicht geschenkt wollte ich ihn! Er ist eine gute Seele, das ja, und er war krank und pflegebedürftig. Richtige Männer jedoch, so wie ich sie will, sind etwas anderes. Zugegeben, er war ziemlich behindert, die Wunden waren noch offen, aber ich versichere dir, daß er im Bett nichts Besonderes war. Allerdings brauche ich das ja wohl nicht hervorzuheben, das müßtest du selbst bestens wissen.«

Im Netz ihrer Therapie verfing sich eines Tages auch Amélies schöner Ehemann. Es war kein einfaches Unterfangen, ihn, der eine Magenoperation hinter sich hatte, als Patienten zu erobern. Die beklagenswerte Gattin war nämlich voll unbezähmbaren Diensteifers. Cristina aber gelangte am Ende doch ans Ziel, auch weil Hindernisse für sie, maliziös wie sie nun mal ist, eine echte Herausforderung bedeuten, ihre Kräfte zu messen, und den Wunsch in ihr anstacheln, sich unentbehrlich zu machen. Amélie, die stets präsente und rührige Ehefrau, die sich unbedingt auch nachts nützlich machen wollte, war für sie eine Rivalin. Cristina mußte es ganz besonders schlau anstellen, um ihre Sondertherapie zum Einsatz zu bringen.

Die Gelegenheit kam mit dem Geburtstag der Schwiegermutter, an dem Amélie ihren Gatten ein Weilchen allein lassen mußte. Da es sich um eine ziemlich ernste Krankheit handelte, war die Krankenschwester für den Notfall guter Dinge herbeigeeilt und hatte sich umgehend im Leben des Patienten breitgemacht: Sie legte Zeiten, Diäten und Behandlungen fest; das Recht dazu maßte sie sich aufgrund der simplen Tatsache an, daß man sie ja schließlich zu Rate gezogen hatte – genau wie der Mittelsmann einen Deal an sich reißt, nur weil er als erster davon Wind bekommen hat. Da sie in jener Zeit nichts Aufregendes zu tun hatte, ließ sie keinen Tag verstreichen, ohne dem Kranken einen Besuch abzustatten. Bei diesen Anlässen wies sie Amélie wiederholt und nicht ganz ohne Erfolg darauf hin, daß sie immer auf sie zählen und zumindest die beschwerlicheren therapeutischen Aufgaben ihr anvertrauen könne.

Als sie meinte, die Zeit sei gekommen – der Kranke noch leidend genug, um sich nicht gegen ihre Entscheidungen aufzulehnen, aber doch nicht so gebrechlich, daß er zu keiner zumindest zufriedenstellenden Leistung fähig wäre – und als sie selbst die Langeweile unerbittlich herannahen spürte, die sie erfahrungsgemäß auf jene einzigartige Weise zu verscheuchen verstand, richtete sie an die stets willfährige und opferbereite Amélie die Bitte: »Könntest du für mich in einer halben Stunde die Kinder von der Schule abholen? Es ist ja nicht weit, eine Viertelstunde zu Fuß. Und wenn du schon unterwegs bist, könntest du mir auch etwas Brot fürs Abendessen holen. Ich bin müde und würde gerne noch in Ruhe die Operationswunde behandeln. Tust du mir diesen Gefallen? Ich warte hier auf euch, und in der Zwischenzeit könnte ich mich ein paar Minuten ausruhen und vielleicht das Zimmer ein wenig aufräumen.«

Kaum hatte die dienstbereite Freundin die Haustür hinter sich zugezogen, begann Cristina seelenruhig, in der Gewißheit, ihr Vorhaben werde als außerordentlicher Gunstbeweis hingenommen, T-Shirt, Turnschuhe und Jeans – Unterwäsche trug sie nie – abzustreifen. Darauf zog sie die Bettdecke beiseite und legte sich nackt und gleichmäßig gebräunt – Badekostüme trug sie nie – neben ihren von der langen Krankheit blassen Patienten im Schlafanzug; zuerst machte sie sich daran, ihn zu kräftigen, um ihn am Ende dann erschöpft zurückzulassen. Als Amélie kurz darauf außer Atem mit Cristinas Kindern und einer Tüte Brot unter dem Arm heimkehrte, fand sie ihren Mann selig schlummernd vor. »Der Gute«, meinte sie zufrieden, »ihm muß es wirklich bessergehen, wenn er am hellichten Tag schlafen kann. Das ist dein Verdienst«, wandte sie sich an die Freundin, die – wieder angekleidet und zurechtgemacht – wie jemand wirkte, der sich nach anstrengenden Stunden schließlich dank eines kurzen Nickerchens ein wenig hat erholen können.

Wie vorauszusehen, erfuhr Amélie bald, auf welche Weise die Therapie gekrönt worden war, aber sie hatte nicht den Mut, weder ihm noch ihr Vorhaltungen zu machen. Sie schwor sich nur, nie wieder, zumindest nicht unter ähnlichen Umständen, auf die Hilfe der Freundin zurückzugreifen; das gute Einvernehmen zwischen ihnen wurde ohne sichtbare Risse gekittet oder, besser gesagt, es war noch nie wirklich zerbrochen. Lediglich etwas Unausgesprochenes blieb zwischen den beiden im Raum stehen. Das hielt so lange an, bis Cristina es wie üblich vorzog, sich zu erklären, wer weiß, warum, um ihr Gewissen zu läutern oder aus Angst, für alle Zeit einen Patienten zu verlieren, der vielleicht noch ihrer Pflege bedurfte.

»Sieh mal, es war für mich wie eine gymnastische Übung ohne die geringste innere Beteiligung«, erklärte sie Amélie. »Ich habe es einfach gebraucht, und vor allem er hatte es nötig. Ich bin älter als du, ich bin unmoralischer und schöner und, wenn du gestattest, kann ich dir auf diesem Gebiet noch etwas beibringen. Sei mir nicht böse, aber es war eine reine Wohltätigkeitsveranstaltung für ihn. Besser gesagt für euch beide, denn ich habe ihn dir wie neugeboren zurückgegeben. Und wer weiß, ob er nicht eines Tages die Lust verspürt, auch mit dir diese zwei, drei vergnüglichen Dinge zu treiben, die uns trotz Bandagen und der Wunde gelungen sind.«

Nicht ohne Genugtuung konnte sie sehen, wie Amélie schluckte und kein einziges Wort herausbrachte, weder um sich zu verteidigen noch um ihr Vorhaltungen zu machen – oder einfach nur zur Gegenrede.

Mit anderen Freundinnen oder Bekannten ist es weniger glatt gelaufen. Aber da Cristina unübertrefflich ist, nicht nur, was ihre selbstlose Aufopferung bei Unglücksfällen angeht, sondern auch bezüglich ihrer rednerischen Fertigkeiten und ihrer – ganz eigenen – eisernen und unangreifbaren Logik, liefen die Streitigkeiten der Nachtherapie fast immer auf eine Art Waffenstillstand hinaus. Keine der Freundinnen hat ihr jemals die Tür vor der Nase zugeschlagen, zum einen, weil ihnen aufgrund der heftigen verbalen Gegenoffensive der Mumm fehlte, zum anderen – wo findet man schon eine so erfahrene und hilfsbereite Krankenschwester rund um die Uhr?

Ludovica

Im Kreis der Freundinnen war Ludovica eine der Jüngsten und wahrscheinlich auch die Schönste. Sie war beliebt, und reihum wechselte man sich ab, ihr Ratschläge zu erteilen, sie abzulenken, sie zum Lachen zu bringen und ihr klarzumachen, was Leben heißt. Für sie aber existierte nur Michele. War sie vergnügt, verdankte sie es ihm, war sie traurig, dann seinetwegen. Von ihm hingen ihre Stimmungen und der jeweilige Tagesablauf ab. Auch sie schätzte die Freundinnen, doch war Michele in der Nähe oder auch nur halbwegs präsent, nahm sie die anderen, ob Frau oder Mann, einfach nicht wahr. Sie sah nur ihn.

Ludovica war reizend; sie hatte feine Züge, helles Haar und lebhafte Augen; ihr Teint war eben und leicht gebräunt wie bei jemand, der sich viel im Freien aufhält, ihre Hände waren wohlgeformt, vielleicht ein wenig zu groß, die Fingernägel kurz geschnitten, wie Kinder sie haben. Bewunderung, vielleicht Neid erregte sie bei den Freundinnen wegen ihrer Figur: langgestreckte, grazile Glieder, ein harmonischer und geschmeidiger Körper, nicht mager oder knochig. Doch trotz dieser reichen Gaben von seiten Mutter Natur war Körperpflege für Ludovica eine Obsession: Sie gab Unmengen Geld für Gymnastik, Massagen, Friseur und Kosmetiksalon aus. In ihrem Badezimmer stapelten sich die Cremedosen – auch das machte die Freundinnen neidisch, aber sie durften alles ausprobieren –, es waren Produkte von bekannten Herstellern, keine Sachen aus dem Supermarkt. Das gleiche galt für ihre Kleidung, da war nichts aus dem Kaufhaus oder von Marktständen – auch wenn ihr jedes Teil gut gestanden hätte, sondern es waren durchweg teure Marken mit hervorragendem Schnitt und guter Verarbeitung; meistens trug sie Pastelltöne, die sie appetitlich und unwiderstehlich machten.

Mit ihrem Aussehen war sie nie wirklich zufrieden, obwohl sie Ewigkeiten damit zubrachte, sich herzurichten, zu kämmen, einzucremen und zu schminken. Stundenlang probierte sie ein Kleid nach dem anderen an und bat die Freundinnen um ihr Urteil, welches ihr besser stünde. Zum Schluß wählte sie jedoch jedesmal, nach einem unbegreiflichen Kriterium, genau das unter den zwei, drei oder vier Modellen aus, das die geringste Beachtung beim Beratungskomitee der Freundinnen gefunden hatte.

»Michele«, erklärte sie leicht verschämt und mehr sich selbst als den Freundinnen gegenüber, »ist ein außerordentlicher Mann, der intelligenteste, den ich kenne; er ist gebildet, sensibel, hat viele Interessen und kann sich ausdrücken wie kein anderer sonst. Würdet ihr ihn kennen, so wie ich, und kämet ihr in den Genuß, bestimmte Gedichte von ihm zu lesen, dann wärt auch ihr überzeugt, daß er eine wenn nicht außergewöhnliche, so doch zumindest besondere Frau an seiner Seite verdient. Und das bin ich ganz und gar nicht: Weder bin ich besonders schön noch intelligent, noch habe ich überragende Fähigkeiten. Es gibt nichts, worauf ich mich wirklich gut verstünde, ich bin nicht künstlerisch begabt, habe kein Organisationstalent und bin auch keine gute Köchin, so wie er es sich wünscht; ich bin weder phantasievoll noch besonders großzügig. Ich bin ganz und gar normal, schrecklich normal, und so wie ich mich nie mit einer Person wie mir zufriedengäbe, sehe ich nicht ein, wieso Michele das tun sollte. Um seiner würdig zu sein, muß ich versuchen, etwas Besseres aus mir zu machen, mich ihm weitestmöglich zu nähern, und mich in etwas hervorzutun, womit ich meine alles in allem leidlichen Eigenschaften überspielen kann. Gelingt mir das nicht, muß ich mich damit abfinden, daß er mir in Zukunft nur zur Hälfte gehören, immer mal wieder untertauchen und nicht selten fremdgehen wird.«

Es war völlig zwecklos, daß die Freundinnen dauernd wiederholten, daß sie ganz im Gegenteil schön wie ein Engel, sanft, großzügig, anpassungsfähig und überhaupt nicht eingebildet sei, wie sie es zu Recht sein könnte. Für sie war es ohne Bedeutung, wenn die anderen sie auf ihre zahlreichen Talente, ihre brillanten Studien und ihre glänzend eingefädelte Karriere als Börsenmaklerin ansprachen.

Ludovica hörte einfach nicht zu, ließ sich nichts sagen und wischte jedes ihrer Worte vom Tisch. Für sie waren das einfach nur Komplimente oder oberflächliche Urteile aus dem Mund von nicht neutralen Personen, die nur so redeten, weil sie sie gern hatten oder einfach um des lieben Friedens willen. Und damit kehrte sie zu ihren obsessiven Freizeitbeschäftigungen zurück: die Gymnastik, die Massagen, die Schönheitspflege, die unermüdliche und krampfhafte Suche nach dem Kleid, das aus ihr eine phantastische und unvergeßliche Frau machen würde. Aus weißer Seide? Aus schwarzem Leinen? Aus rotem Atlas? Aus blauem Samt? Die passenden Strümpfe, die Schuhe mit jenem besonderen hohen Absatz, das offene, gewellte Haar, das leichte, unauffällige Make-up.

Aber sie stürzte sich auch wieder auf ihre Kochkurse, den Gesangsunterricht und die obligatorische, reichhaltige Lektüre: Sie verschlang haufenweise Bücher, die ihr die Freundinnen empfahlen oder die sie einfach aus der wöchentlichen Bestsellerliste auswählte, aber sie hinterließen kaum eine bleibende Erinnerung. Nicht nur ihr Lesepensum, sondern auch die Kochschule, die Gymnastik und die Schönheitskuren nahm sie mit finsterer Entschlossenheit, ohne die geringste Freude, fast verzweifelt in Angriff und erzielte zwangsläufig unbefriedigende Ergebnisse.

Das Leben war für Ludovica eine mathematische Gleichung, die sie seit Jahren schon, spätestens seit sie Michele kannte, zu lösen suchte. Grob gesagt bedeutete dieser Lehrsatz: du wirst das Höchste erreichen, wenn du selbst das Maximum zu bieten hast. Und da sie beschlossen hatte, daß das höchste ihrer Ziele Michele sei – ein farbloser, unsicherer und arroganter Typ, der sie wie ein Ehemann von gestern tyrannisierte –, hatte sie Leib und Seele darangesetzt, den Grad der Vollkommenheit zu erreichen. Das Streben, aus sich das Beste zu machen, war im Laufe der Zeit fast zu einem moralischen, ja beinahe religiösen Gebot geworden. Und dem unterwarf sie sich wie ein Lamm voll Glaubenseifer in Erwartung zukünftigen Lohns.

Nie ein Stück Pizza, ein Nudelgericht, schon gar keine Schokolade zu essen, um nicht dick zu werden oder der Haut zu schaden, das waren für sie Opfer, die sie gelassen und diszipliniert, ja manchmal mit freudigem Enthusiasmus auf sich nahm. Sie war überzeugt, dies sei der Vorgeschmack auf die ausstehende Belohnung. Das gleiche ließe sich auch für die vielen Stunden sagen, in denen sie las oder singen,

Klavierspielen oder kochen lernte. Nach und nach war aus Ludovica eine Asketin und Heilige geworden, hinsichtlich der angestrebten Freuden war sie jedoch ganz von dieser Welt. Sie wollte sich Michele unbedingt halten. Das höchste der Gefühle wäre, ihn als Gatten an ihrer Seite zu haben. Aber auch als ewiger Dauerverlobter würde er ihr genügen.

Ihre Arbeit – ihre Anstrengungen konnten nicht anders denn als Arbeit bezeichnet werden – glich der des Heizers, der ständig Kohle in den Heizkessel schaufelt, um den Schiffsmotor anzutreiben. Und wenn sie auf der einen Seite vorgab, mit absoluter Sicherheit die glücklichen und haarscharf berechenbaren Folgen ihrer Mühe zu erkennen (»Seht nur, heute hat er bei mir übernachtet und ist nicht wie sonst um halb eins weggegangen... Ich hatte ihm zum Abendessen ein besonders gelungenes Zitronensoufflé vorgesetzt«), quälte sie sich auf der anderen wie eine Schülerin, die vor den Mysterien der Arithmetik kapituliert: Sie konnte einfach nicht begreifen, warum er nicht die mindeste Reaktion zeigte, wenn sie mit einem unwiderstehlichen Kleid oder einer tiefgründigen und treffenden Konversation über ein Buch oder einen Film aufwartete. Er hatte keinen zärtlicheren Blick, keinen leidenschaftlicheren Kuß, kein besonderes Wort für sie übrig, nach denen Ludovica wie nach Edelsteinen suchte. Sie sah sie, oder glaubte sie zu sehen, und hob sie da auf, wo er sie fallen gelassen hatte, und polierte sie wie verrückt, bis es ihr hin und wieder gelang, sie zum Glänzen zu bringen. Diese Kostbarkeiten wurden dann aufbewahrt und in Momenten der Niedergeschlagenheit hervorgezogen und den Freundinnen als Trostpflaster einer Liebe vorgezeigt, die ihr nicht immer stabil genug zu sein schien.

All dem zum Trotz glaubte Ludovica weiterhin hartnäckig und tapfer an die glücklich aufgehende Lösung jener Gleichung. Und da Michele an zwei Abenden der Woche, anstatt mit ihr auszugehen, Tennis spielte, begann auch sie, Tennisstunden zu nehmen, und füllte damit ihre Freizeit, die schon längst keine mehr war, aufs Unglaublichste aus. »Wie dumm bin ich doch«, jammerte sie ihren Freundinnen die Ohren voll, »warum ist mir nicht schon viel früher eingefallen, Tennisunterricht zu nehmen?«

Anstatt sich von derartigen Anstrengungen rühren zu lassen, schien Michele alles und jedes so zu nehmen, als stünde es ihm zu. Umgeben von so heftigem Streben nach Vollkommenheit, war er offensichtlich darauf bedacht, sich gründlich von Ludovica abzugrenzen, einen Schutzwall zu errichten, sich abzukapseln und eventuell seine Flucht vorzubereiten. Er hielt sich von ihr fern, zog sich zurück, wurde immer verschlossener und engherziger – das war zumindest der Eindruck der Freundinnen. Aber Ludovica war blind oder wollte nichts sehen. Sie war in der Lage, die offensichtlichste Wahrheit zu leugnen und zu behaupten, ihr Freund zeige sich ihr gegenüber aufmerksamer denn je; schließlich zähle nicht die Anzahl der gemeinsam verbrachten Stunden, sondern das Wie. Im Grunde sei sie glücklich, und gewiß sei es ihr so, wie es gerade lief, am liebsten.

»Er ist einfach ein stark beschäftigter Mann, und es ist nur recht und billig, daß ich mich mit dieser Vorstellung vertraut mache; einer von diesen laschen Typen wäre für mich sowieso nicht in Frage gekommen. Wenn ich sage, daß ich das Höchstmaß will, dann meine ich das in jeder Hinsicht. Es genügt mir nicht, daß einer mich liebt, ich will auch, daß er Verantwortung übernimmt, ernsthaft ist, geistigen Tiefgang hat. Er soll anderen Frauen gefallen und erfolgreich in seiner Tätigkeit sein – eben einer, um den mich alle beneiden. Ich weiß, daß so hochtrabende Forderungen mich unbescheiden wirken lassen. Aber deswegen strenge ich mich ja an und gebe meinen letzten Pfennig aus, um mich zu bessern. Um Michele zu halten, muß ich um jeden Preis sein Niveau erreichen, und ich bitte euch ernsthaft, mir dabei zu helfen und mir zu sagen, was bei mir noch nicht stimmt und wo ich Fehler mache. Ich werde nicht beleidigt reagieren, wenn ihr mich auf meine

Mängel hinweist, es ist nur zu meinem Besten, und ich weiß, daß ich viele Mängel habe.«

Der einzige Fehler, den die Freundinnen jedoch an ihr finden konnten, war dieses verbissene Ansinnen, Gefühle als Ware zu betrachten, die man abwiegen und mit der man handeln konnte, oder an die man zumindest mit viel gutem Willen herankam. Geduldig versuchten sie, ihr zu erklären: »Ja weißt du nicht, daß häßliche Männer oft schöne Frauen heiraten – oder umgekehrt? Daß intelligente Männer sich zu Dummerchen hingezogen fühlen? Hast du noch nie Männer mit herrlich athletischem Körper gesehen, die völlig unscheinbare Mädchen an ihrer Seite hatten, oder Karrierefrauen, die fast verrückt vor Liebe zu Schwächlingen waren? Deine Rechnung kann einfach nicht aufgehen.«

»Ihr seid altmodisch«, entgegnete Ludovica in mitleidigem Tonfall, »ihr gehört einfach einer anderen Generation an. So zu denken konnte vor zwanzig, dreißig oder fünfzig Jahren seine Berechtigung haben. Heute stehen die Dinge anders. In Amerika haben meine Theorien schon seit geraumer Zeit Erfolg. Was glaubt ihr wohl, wie Eheanbahnungsinstitute arbeiten? Sie machen Männer und Frauen miteinander bekannt, die zueinander passen und in bezug auf Interessen, kulturelles Niveau und Lebensstil sehr viel gemein haben. Auch bei den körperlichen Merkmalen darf der Unterschied nicht allzu groß sein. Ich habe sehr viel zu diesem Thema gelesen und weiß, daß ich recht habe. Auch wenn ihr das nicht sehen wollt, bestätigt Michele mit seinem Verhalten jeden Tag diese Theorien. Eure Vorstellungen sind allzu romantisch und haben heutzutage keinen Sinn mehr.«

Es war einfach nichts zu machen, bei Ludovica ließ sich der Stecker nicht herausziehen, um den Strom abzuschalten, auf daß sie sich entspanne und der Situation bewußt werde. Immer unverhohlener zeigte Michele ihr seine Abneigung und kritisierte sie mit boshaften Worten auch im Beisein der Freundinnen. »Das Maximum?« fragten sich die Freundinnen. »Wer soll das nur glauben, daß dieser unsympathische Hampel, der die anderen niedermacht, um sich selbst auf ein Podest zu stellen, das höchste aller Ziele darstellt?« Doch wagten sie nicht, sich Ludovica gegenüber in dieser Art zu äußern. Vorsichtig machten sie Andeutungen – von wegen Micheles schwierigem Charakter und der immensen, möglicherweise nutzlosen und aufreibenden Mühe auf dem steinigen Weg zur Vollkommenheit. Doch Ludovica hatte kein Ohr für ihre Worte. Ihr Glaubensbekenntnis basierte auf anderen Prinzipien, denen sie einfach nicht untreu werden wollte.

Erst im Laufe der Zeit begann sie, anfangs insgeheim, dann auch in Gegenwart der einen oder anderen Freundin, sich in düsteren Gedankengängen zu verlieren. »Und wenn er meiner trotz allem überdrüssig werden sollte? Wenn sich seine Liebe zu mir einfach erschöpfte?« Doch Zweifel dieser Art erstickte sie sofort im Keim: »Warum nur sollte er aufhören, mich zu lieben? Welchen Grund hätte er denn, meiner überdrüssig zu werden? Ich weiß selbst, daß er eine Frau will, die er anhimmeln kann. Und mit ein wenig Geduld werde ich bestimmt anbetungswürdig sein, ich muß es einfach schaffen. Und dann wird er mich selbstverständlich lieben, er wird nicht umhin können, mich und nur mich zu lieben. Schließlich kenne ich ihn von A bis Z, ich beobachte ihn und höre seit Jahren, was er sagt. Ich weiß, daß mir noch ein Stück fehlt, bis Michele mich auf seinem Niveau sieht. Aber ich bin ja erst achtundzwanzig und habe noch viel Zeit, um mich zu perfektionieren. Was meint ihr?«

Wenn die Freundinnen Ludovica halb im Ernst, halb scherzhaft nahelegten, sich einen neuen Verlobten zu suchen, der weniger kompliziert, dafür aber liebenswerter wäre, so daß aus ihrem Leben kein ruheloses Wettrennen würde, reagierte sie mit schmerzhafter Empörung: »Ihr habt einfach nichts begriffen. Wie könnt ihr nur über so etwas scherzen! Ihr wißt doch ganz genau, daß Michele der einzige ist, der mich interessiert. Wenn ihr glaubt, mich damit zum Lachen zu bringen, habt ihr euch getäuscht.

Eure Oberflächlichkeit kann mich nur traurig stimmen.«

Dann geschah, was die Freundinnen schon seit langem vorhersahen, oder besser, was sie sich erhofften, damit Ludovica ein für allemal aus diesem wahnsinnigen Trara um ihre eigene Person befreit würde: Michele verliebte sich in eine andere – oder glaubte das zumindest –, und diese andere war weder attraktiver noch eleganter oder intelligenter, sondern nur ein wenig selbstsicherer als Ludovica, und er verlagerte seine Schwächen und seine Machtansprüche auf sie.

Natürlich geschah das nicht von einem Tag auf den anderen, wie es wohltuend und angebracht für alle, einschließlich der Freundinnen, gewesen wäre. Es zog sich über Monate hin, in denen es viel Auf und Ab, zeitweilige Aussöhnungen, weitere Kriege, Rückkehr auf kurze Dauer, neues Aufflackern, Intermezzi aus Streitereien und Flucht gab. Ludovica war wie gelähmt vor Erschütterung und Schmerz und vergaß darüber sogar, ihren Pflichten im Bereich der eigenen Verbesserung nachzukommen. Die Freundinnen freuten sich, daß endlich der Bann gebrochen war – es erschien ihnen wie das Ende von Ludovicas Sklavinnendasein. Und sie jubelten, als alles zu Ende war, auch wenn die Initiative nicht von Ludovica ausgegangen war, die wegen des tödlichen

Dahintröpfelns der Geschichte vollkommen am Boden zerstört war. Schmählicherweise war es Michele, der Tränen und Unannehmlichkeiten leid hatte und schließlich nur Klarheit wollte und reinen Tisch machen... wie seine letzten Worte in Ludovicas Ohren klangen.

Die Freundinnen waren nicht schnell genug zur Stelle, um Ludovica zu feiern, wie sie es eigentlich gewollt hätten, und sie mit einem der zahlreichen, aus der Vergessenheit geholten Männer zusammenzubringen, die ihr während Micheles Zeiten erfolglos den Hof gemacht hatten und jetzt in neuem Glanz erstrahlten. Es waren gutaussehende, interessante junge Männer, tüchtige oder auch weniger tüchtige Burschen, alle jedoch empfehlenswerter als der ehemalige Verlobte. Sie waren zu spät dran, etwas zu organisieren, um das Ende des langen Alptraums, genannt Liebe, des bösen Zaubers, in dem Ludovica fast vier Jahre lang gefangen war, würdig zu feiern.

In der Nacht, in der Michele ihr zu offenbaren gedachte, daß er sich nach Klarheit sehnte und reinen Tisch machen wollte, daß er also zu dem Entschluß gekommen sei, sie nicht mehr zu sehen, verschwand Ludovica. Irgend etwas hatte sie zu der Überzeugung gebracht, daß jetzt endgültig der Moment gekommen sei und Michele ernst machte. Es konnten nicht die Worte »Klarheit« und »reinen Tisch machen« und noch weniger die daran anschließenden gewesen sein. Reden war schon immer Micheles Stärke gewesen. Er liebte es, mit Worten um sich zu werfen, großzügig jeden freien Fleck im Raum mit ihnen auszufüllen und sie wie Seifenblasen fliegen zu lassen. Er gab sich einem Schwall von Worten hin... mit Leidenschaft, würde man sagen, wäre er tatsächlich ein leidenschaftlicher Mann gewesen. Mit solchen Unmengen von Worten warf er um sich, daß man diese wirklich nicht ernst nehmen konnte, nicht einmal Ludovica hätte das in ihren glücklichsten Momenten gekonnt. Oder in den unglücklichsten.

Es mußte etwas anderes gewesen sein, was ihr die Augen geöffnet und den Faden schließlich hatte reißen lassen. Vielleicht war es nur eine plötzliche Müdigkeit nach dem großen Energieaufwand. Oder es war der unerträgliche Zweifel, daß trotz ihres guten Glaubens und Hoffens und unerbittlichen Engagements die große Gleichung ihres Lebens nie aufgehen würde. In jener Nacht rief sie keine der Freundinnen an, wie sie es sonst getan hatte, um von der neuesten Enttäuschung zu berichten und Wort für Wort das mit ihm geführte Gespräch wiederzugeben: »Ich habe ihm gesagt, und er hat mir geantwortet, dann habe ich hinzugefügt, und er hat erst lange geseufzt, dann hat er erklärt, daß er nicht kann, nicht will, nicht soll und sich nicht danach fühlt, daß ich nicht begreife, nicht das Recht habe und mich zwingen muß, zu verstehen.« Sie nahm die Tabletten ohne Vorankündigung, ohne abzuwarten, daß ihr jemand zum wiederholten Mal sagte: »Aber laß ihn doch gehen, du findest doch Dutzende besserer Männer als den da, siehst du nicht, daß er kein Rückgrat hat, daß du viel mehr wert bist als er?«

Stefania

Stefania hat eine Mutter. Natürlich haben die anderen auch eine, aber keine wie sie. Es ist, als wäre Stefanias Mama verwitwet, aber es ist noch schlimmer, sie ist geschieden. Ihr Mann, der Papa von Stefania, hat sie vor Zeiten wegen einer anderen Frau verlassen. Er hat wieder geheiratet und noch mehr Kinder in die Welt gesetzt. So hat er Stefania nur sehr selten zu Gesicht bekommen; sie war für ihn mehr eine ferne Verwandte als eine Tochter, eine Art Patenkind, eine Nichte, die man pflichtgetreu, aber nicht regelmäßig, zu Weihnachten oder am Geburtstag anruft. In Wirklichkeit ist sie seit langem schon eine halbwegs Unbekannte für ihn.

Für die Mama wäre es tausendmal besser gewesen, wenn ihr Mann gestorben wäre: Sie wäre zwar ebenfalls allein, aber sie wäre keine Sitzengelassene. Sie hätte keine Erinnerungen zu wälzen, die ihr sachte die Tränen in die Augen treiben; die Vergangenheit würde sie nicht immer wieder mit Bitterkeit erfüllen. Stefanias Mutter beneidet verwitwete Frauen. Ihrer Meinung nach haben sie einen besseren gesellschaftlichen Stand und geben ein würdigeres Bild ab; sie sind in einen leichten Schmerz gehüllt, aber auf ihnen liegt nicht jener verhaßte Schleier aus Mitleid, der den im Stich gelassenen Frauen auf immer vorbehalten ist. Die ganze Sache wird bei ihnen noch dadurch verschlimmert, daß sie beim besten Willen keinen neuen Lebensgefährten finden. Stefanias Mama kann also nicht anders als in dieser unverdauten Vergangenheit herumwühlen, als wäre in der Zwischenzeit überhaupt nichts mehr geschehen.

»Ich wußte ja, daß er was mit diesem Mädchen hatte, mit dieser sogenannten Telefonistin«, so richtet sie zwanzig Jahre nach der Trennung noch immer das Wort an Stefania. »Ich war im Bilde und habe ihn trotzdem machen lassen, weil ich mir sicher war, daß er zu mir zurückkehren und sich nicht mit einer derart nichtssagenden Type zufriedengeben würde. Ich wollte ihm verzeihen, wenn er seinen Fehler eingesehen hätte, nicht sofort natürlich, das ist klar... nach einer Weile und nach inständigem Bitten. Statt dessen ist er nur nach Hause gekommen, um seine Sachen abzuholen und sich kurz bei uns zu verabschieden. Ja, ist dir klar, wie sehr ich mich der Lächerlichkeit preisgegeben habe?«

Seit mindestens zwanzig Jahren kriegt Stefania zu hören, daß sie bei der Wahl des Mannes fürs Leben aufpassen, ihn mehrfach auf die Probe stellen und es sich sehr gut überlegen müsse, bevor sie ihn nimmt. Seine Vorteile, vor allem aber seine Nachteile solle sie gut unter die Lupe nehmen. Diese Worte waren wie eine endlose Leier in ihren Jugendjahren und ihrem frühen Erwachsenenalter. Das Ergebnis war, daß sie mißtrauisch und überempfindlich geworden war und bei jedem Mann zuallererst immer nur die schlechtesten Seiten sah. »Laß dich bloß nicht einwickeln, wie es mir passiert ist«, gemahnt die Mutter immer wieder, »laß dir ja nichts vormachen, du verdienst schließlich etwas Besseres. Wirf dich keinem in die Arme, wie ich es getan habe, der dich dann wieder fallenläßt, wie es mir passiert ist. Und bist du zu verliebt und mangelt es dir an klaren Kriterien, laß mich dir ruhig sagen, mit wem du es da zu tun hast. Ich verstehe etwas davon, ich habe Erfahrung. Von Anfang an wußte ich, daß dein Vater etwas mit der Telefonistin hatte. Und dann, das stimmt, habe ich mich falsch verhalten und war viel zu geduldig und nachgiebig. Ich hätte ihn in die Enge treiben sollen – entweder ich oder die da –, ihn nicht seelenruhig seine Schweinereien machen lassen sollen. Tatsache ist, daß ich etwas wesentlich Besseres als jenes Mädchen war, davon bin ich heute noch überzeugt. Ich wollte es einfach nicht wahrhaben, daß er einen derart schlechten Geschmack hatte und so begierig nach ordinären Frauen war.«

Ah, ja, das Ordinärsein. Für Stefanias Mama ist das die schlimmste aller Sünden, für die Vergebung unmöglich ist. In gewissem Sinne ist es eine Ursünde, mit der man schon auf die Welt kommt. Man ist ordinär oder man ist es nicht, und ihr Ehemann war es zweifelsohne, auch wenn sie es zu spät gemerkt hatte. Deshalb ist sie jetzt erst recht alarmiert, und lebt in der Angst, daß Stefania vielleicht von diesem väterlichen Erbe belastet sein könnte.

»Es ist die Lust auf Primitives, die ihn auf Abwege gebracht hat«, erklärt sie und sieht Stefania forschend an. »Er wollte ein Leben wie in den Werbespots, mit Badeschaum, Deodorants, mit dem Duft nach der weiten Prärie, mit zweitklassigen Whiskysorten und Sex nach Belieben zu jeder Tages- und Nachtzeit. Und was für Sex! Wie er in Pornoheften zu sehen ist; da gibt's Dinge, die ich nie gemacht hätte, die diese Telefonistin aber gründlich von früh an geübt haben muß. Das war es, wovon dein Vater mit über fünfundvierzig Jahren träumte. Kannst du dir das vorstellen, meine gute Tochter? Mit mir hat er solche Verrenkungen ein paarmal versucht, aber ich brauchte nicht einmal den Mund aufzumachen, um nein zu sagen. Ich hab mich einfach stur gestellt, und dieses Tier hat's auch so begriffen. Denn solche Dinge sind nun mal tierisch. Mit der Telefonistin hat er sicher alles nachgeholt und seinen Trieben freien Lauf gelassen. Dein Vater war einfach scharf auf Vulgäres, wie ich dir schon gesagt habe, und damit konnte ich ihm nicht dienen. Du kennst mich ja, du weißt, wie ich bin.«

»Wie wir beide sind«, beeilte sie sich hinzuzufügen.

Aus der schrecklichen Furcht vor Vulgärem würde sie lieber auf solche Reden verzichten und jene Worte nicht laut aussprechen, vor allem nicht im Beisein ihrer Tochter, diesem blaßgesichtigen, eleganten und schüchternen Wesen, das sie vor allem Häßlichen bewahren will, als wäre sie ein kleines, unreifes Ding und nicht eine Frau von weit über dreißig. Manchmal aber kann sie sich nicht beherrschen und muß sich alles von der Seele reden, nicht eingedenk, daß es schon das hundertste Mal ist. Wem sonst sollte sie ihre Gedanken anvertrauen, wenn nicht Stefania?

»Er wollte eine für den Sex«, fängt sie wieder an, »eine, die immer bereit ist, und zwar zu allem. Eine, die Strumpfbänder und schwarze Spitzenunterwäsche trägt, wette ich. Keine Frau, die was im Kopf hat, sondern eine, die ständig flötet: »Ja, hier bin ich, ich bin ganz dein, sag mir, was ich dir machen soll, gefällt es dir so? So ist's gut, mein Schatz, mein Schnuckiputzi.« Ich hatte immer schon eine Abneigung gegen Paare, die sich wechselseitig »mein Schatz« nennen, ich ertrage es einfach nicht. Ich kann mir die beiden lebhaft in ihrem Schlafzimmer mit Spiegeln an der Decke vorstellen. Glaubst du nicht auch, daß sie als allererstes Spiegel im Schlafzimmer haben anbringen lassen? Und wenn sie es nicht gleich am Anfang gemacht haben, dann später, denn jetzt ist er auch schon um die fünfundsechzig, und er braucht etwas für seine täglichen Spielchen, was ihn anheizt. Anhand von Filmen werden sie gelernt haben, wie man es macht, und wahrscheinlich werden sie gewisse Songs als Hintergrundmusik laufen lassen.«

Die Witwen beneidet Stefanias Mutter auch aus dem Grund, weil sie meist mit zwei oder drei Enkelkindern gesegnet sind, wohingegen sie keine hat und auch keine in Aussicht sind. Sie fühlt sich noch so jung und hat deutlich das Bild von sich inmitten einer Schar munterer Enkel vor Augen. Sie wäre bestimmt keine von den alten, tattrigen Omis, die den Kinderwagen durch den Park schieben, müde auf einer Bank hocken und mit leerem Blick die Kinder beim Spielen überwachen.

»Nein, ich würde die Enkel ins Kino oder ins Theater mitnehmen, mit ihnen auf Reisen gehen, sie bei ihren Studien und beim Sport anfeuern, und ich würde vor allem stundenlang, ja tagelang mit ihnen reden. Ich würde mit ihnen dasselbe machen wie mit dir, als du klein warst. Was ich ja nach wie vor mit dir mache. Ich fühle mich noch dermaßen fit! Mir kommt es so vor, als ließe ich die Tage nutzlos verstreichen, an denen ich so gut wie nichts tue, nichts Gescheites jedenfalls; ich bin nur wie ein wacher und guter Geist anwesend, um dir Ratschläge zu erteilen, dich darauf hinzuweisen, wo du ausrutschen könntest, und dich vor Gefahren und Fallen zu warnen, die ich schon von weitem erkenne. Begreifst du, meine Tochter, daß mein Leben so langsam leer wird, wenn ich nur dich zu versorgen habe?«

Die Mutter weist Stefania auf die Fehler hin, die ihr bei der Wahl eines Mannes unterlaufen könnten. Sie will, daß ihre Tochter mit Bedacht und Verstand an die Sache herangeht, sich zurückhaltend zeigt und nichts übereilt. Auf der anderen Seite hackt sie schon seit einigen Jahren auf dieser Geschichte mit den Enkelkindern herum. Anfangs hatte sie mit Feingefühl vage Andeutungen gemacht, dann wurde sie deutlicher und energischer. Ein Enkelkind allein würde ihr nicht reichen; sie behauptet, ein Kind allein sei weder für die Mutter noch für das Kind selbst gut. Sie will nicht, daß Stefania die Einzelkindsituation, in der sie aufgewachsen ist, erneut erlebt.

»Wenn dein Ehemann dich trotz aller Vorsichtsmaßnahmen verläßt«, erklärt die Mama, »dann seid ihr nur zu zweit, und das ist für beide langweilig. Eine Mutter hat das Bedürfnis, sich mit jemandem auszutauschen, sich geliebt und verehrt zu fühlen... und mit einem Einzelkind ist das schwierig. Bei all den Beschäftigungen, denen die heutige Jugend nachgeht, müßten es mindestens zwei oder drei Kinder sein, die der Mutter zu Hause abwechselnd Gesellschaft leisten. Du solltest es dir jetzt ernsthaft überlegen, du gehst auf die fünfunddreißig zu, und dir bleibt nicht mehr viel Zeit. Das sage ich dir ja schon seit einer Weile. Ich war vorausschauend, du kannst also wirklich nicht behaupten, ich hätte dich nicht gewarnt. Als du auf die Dreißig zugingst, habe ich mit den ersten Hinweisen begonnen, erinnerst du dich? Wenn du noch länger wartest, wirst du nicht mehr als eine Schwangerschaft haben können. Nun gut, besser als nichts, aber glaub mir, das ist etwas anderes.«

Wenn die Mama auf das Thema Enkel zu sprechen kommt, erinnert sie sich jedesmal an Stefanias Alter, zumindest glaubt sie das; in Wirklichkeit ist ihre Tochter dreiunddreißig. Trotzdem sagt sie »fünfunddreißig«, vielleicht um ihr angst zu machen und sie zur Eile anzutreiben. Sie darf unmöglich länger warten, das muß sie wissen. Die Vorstellung, eines Tages Enkelkinder zu bekommen, ist ihr ganzer Trost, denn es bedeutet Rückkehr zur Normalität: Hätte sie Enkel, wäre sie nicht länger eine vom Ehemann verlassene Frau, sondern würde sich vor aller Augen ganz legitim in eine ehrwürdige, geliebte Großmutter verwandeln. Aber es ist auch nicht auszuschließen, daß Enkelkinder die Antwort auf den neuen Nachwuchs ihres Mannes wären.

»Wenn es nach meinem Kopf gegangen wäre«, sagt Stefanias Mama, »hätte ich fünf Kinder in die Welt gesetzt. Aber dein Vater wollte nichts davon wissen. Abgesehen davon, daß er sie dann von der

Telefonistin gekriegt hat. Von mir hat er sie nicht gewollt, und dafür hasse ich ihn im Grunde noch mehr als wegen der Scheidung. Warum er nicht wollte? Wahrscheinlich weil es mein Kinderwunsch war. Er behauptete, er sei zu gestreßt, zu müde, zu alt, um noch andere Kinder zu haben. Und dann hat er welche gekriegt, als er sich dem Großvateralter näherte. Das werde ich ihm nie verzeihen, ich bringe es einfach nicht fertig. Stell dir vor, wir wären jetzt zu viert oder zu fünft oder gar zu sechst, anstatt nur du und ich, wo wir uns obendrein gar nicht so verstehen, wie ich es gerne hätte.«

Stefania macht den Mund nicht auf. Ihr Vorrat an Antworten ist längst erschöpft, und die Mutter erwartet in Wirklichkeit gar keine von ihr. Sie will nichts weiter als reden und reden, die Einwände ihrer Tochter interessieren sie nicht, zumal es ziemlich unvernünftige und an den Haaren herbeigezogene Einwände wären. Um sich vor der Mutter in Sicherheit zu bringen, bleibt Stefania nichts anderes übrig, als still und heimlich das Zimmer zu verlassen. Täte sie das abrupt und unvermittelt, als zerrisse sie einen unsichtbaren Faden, würde sich die Mutter mächtig aufregen und ihr eine gehörige Kopfwäsche verpassen; unerzogen und ziemlich respektlos sei sie, ja, das würde sie ihr sagen. Stefania bewegt sich also behutsam und ganz leise, doch die Mutter folgt ihr regelmäßig, ohne je ihren Redefluß zu unterbrechen.

Da sie aber nicht in der Lage ist, die Hände in den Schoß zu legen, und das Reden allein ihr einfach nicht genügt, führt sie gleichzeitig die verschiedensten Handgriffe aus: sie verrückt einen Gegenstand, stellt einen anderen ordentlich hin, spült geschwind einen Teller, trocknet ihn gleich ab, stellt ihn ins Buffet zurück; sie kontrolliert, ob die Zugehfrau die Bilder gut abgestaubt hat, klaubt einen Faden auf, der vom Sofa hängt, leert einen Aschenbecher oder holt eine Feile aus der Schublade, um sich einen Fingernagel rund zu feilen, begutachtet die anderen Nägel und setzt in der Zwischenzeit ihren Monolog fort, ohne Stefania anzusehen oder überhaupt den Kopf zu heben.

»Ich begreife nicht, wieso du anders bist als deine Freundinnen, deine Altersgenossinnen oder auch die jüngeren Frauen, die alle Kinder haben. Nur du hast keine. Ich kann es mir nur mit deinem Charakter erklären, der dem deines Vaters so ähnlich ist. Du willst mir eins auswischen, nicht wahr? Da mein Wunsch nach Enkelkindern groß ist – und das weißt du seit eh und je, das brauche ich dir ja nicht ständig zu sagen –, beschließt du, erst recht keine Kinder zu haben. So kommt es zumindest bei mir an, mein Mädchen. Und ich betone ›Mädchen‹, obwohl du eigentlich keines mehr bist, leider. Es stimmt, du hältst dich gut, das kann ich nicht bestreiten, auch darin schlägst du deinem Vater nach, der unglücklicherweise mit fünfundvierzig um zehn Jahre jünger aussah, und heute glaubt man, er wäre gerade fünfzig. Aber das Alter macht sich bei jedem bemerkbar. Sieh dir bloß mal die Falten unter deinen Augen und um den Mund herum an, oder die Adern, die sich auf deinen Beinen abzeichnen, und dann deine Haare, die schon längst ihren früheren Glanz verloren haben. Glaubst du etwa, nur ich werde älter?«

Stefania kommt das manchmal wie eine Verfolgung vor. Anstatt sich unauffällig von einem Zimmer ins andere zu schleichen, würde sie am liebsten weglaufen, sich irgendwo verstecken, um nichts mehr hören zu müssen. Als wüßte sie nicht selbst um ihre Falten und die Haut an den Armen, die unmerklich an Straffheit verliert. Und da sie weiß, daß sie wenigstens äußerlich ihrer Mutter ähnlich ist, blickt sie voller Entsetzen auf deren Mund, der infolge der vielen bitteren Worte, die ihm entströmen, giftig und vergiftet zugleich wirkt. Aber sie sucht nicht das Weite, sie zieht sich lediglich in sich selbst zurück und verschließt sich, damit auch die bittersten Worte nicht in sie eindringen.

»Ja, ich weiß«, fängt die Mutter wieder an, in Gedanken immer noch bei den Enkelkindern, »man braucht einen Mann zum Kinderkriegen. Wie ist es nur möglich, daß du keinen anständigen findest? Zuerst hattest du den Maler, und was für ein Typ war das, für den du auch Modell gesessen hast – nackt, könnte ich wetten –, dem du sogar das belegte Brötchen in der Mittagspause bezahlen mußtest. Dann kam der Turnlehrer an die Reihe, der mindestens zwei andere Frauen gleichzeitig hatte. Zu seinem Unglück ertappte ich ihn nachmittags im Kino, als er eine andere im Arm hatte. Diesem drittklassigen Athleten habe ich ganz schön die Leviten gelesen, und zum Glück hat er sich nicht mehr hier blicken lassen. Dann hatten wir den Arbeitslosen, der dich vermöbelte, weil ›er dir nichts zu bieten hatte‹, wie du mir umständlich zu erklären versuchtest; und danach den Barbesitzer, der derart nichtssagend war, daß er irgendwann selbst dir auf die Nerven ging. Sogar einen Rentner, obendrein halbwegs invalide, hast du dir an Land gezogen: Du warst auf der Suche nach der Vaterfigur, das war ja irgendwie natürlich, und ich konnte es auch begreifen; aber es hat mich ganz schön Mühe gekostet, diesen Trittbrettfahrer wieder loszuwerden.«

Streckenweise ist Stefanias Mama wiederum auch zufrieden. Zum Glück existieren einige gute Erinnerungen an die Vergangenheit. Es bereitet ihr großes Vergnügen, sich selbst und der Tochter die unermüdlichen Anstrengungen und die Weitsicht ins Gedächtnis zu rufen, mit der sie sie großgezogen hat. Ihre Mühe war ja auch von Erfolg gekrönt. Keiner von diesen halbseidenen Typen hat sich auf Dauer in ihrer beider Leben eingenistet. Dank der einen oder anderen Initiative – über die Stefania nicht immer im Bilde war – wurden die verschiedenen Gefahren abgewendet. Nicht mal der Alte, der mit siebenundfünfzig Frührentner war und hartnäckiger als alle anderen, hat länger als sechs Monate ihrem Druck standgehalten. Dann verschwand auch er, genau wie die anderen vor ihm.

»Ich ertrage es einfach nicht, daß wir beide allein sind, als wäre es eine Fügung des Schicksals«, beschwert sich die Mutter. »Habe ich etwa nicht recht? Ist es möglich, daß ich mich täusche? Kann das sein? Wahrscheinlich hast du einen Freund und hältst das bloß vor mir geheim. Du willst ihn mir nicht vorstellen, weil du Angst hast, daß er mir nicht gefallen könnte? Vielleicht ist es reine Einbildung, aber die Vorstellung ist tröstlich, daß es jemanden für dich gibt und daß du nicht allein bist, so wie ich, mein Kleines. Möglicherweise ist er verheiratet, bestimmt sogar, nicht wahr, du dummes Ding! Merk dir eins, verheiratete Männer verlassen ihre Ehefrauen nicht wegen einer anderen, sie halten sich bis in alle Ewigkeiten die Gattin und die Geliebte. Nur dein Vater hat diesen Schritt fertiggebracht, auch weil ich es ihm leicht gemacht habe. Sei auf der Hut vor verheirateten Männern. Das sind Geschichten ohne Happy-End, und es geht mir sehr nahe, daß du dich vielleicht in eine solche Situation gebracht hast. Die Ehefrauen lassen nicht locker, vor allem wenn der Mann in einer guten Position ist. Wenn du die Oberhand gewinnen willst, mußt du dich geschickt anstellen und es so hinbiegen, daß die Ehefrau eure Geschichte aufdeckt. Dann macht sie ihm Szenen, bricht in Tränen aus, sie fleht ihn an, droht mit der Scheidung, bis der Gatte ihr schließlich verspricht, dich nicht mehr wiederzusehen. Du wirst dich deinerseits ganz liebevoll und umgänglich zeigen und jede Bedingung akzeptieren. Kein Laut der Klage wird über deine Lippen kommen, auf denen ständig ein Lächeln spielt. Du wirst nur gute Laune versprühen. Und sie wird von der Fortsetzung eurer Geschichte Wind bekommen, wieder wird es Szenen geben, aber du wirst sanft wie ein Opferlamm sein. Wenn dieser Mann dich, wie ich hoffe, auch nur ein bißchen liebt, wird er auf Dauer nicht umhin können, sich für dich zu entscheiden, vor allem wenn eine Schwangerschaft im Spiel ist. Überlege es dir gut, Stefania, auch wenn ich mir nicht sicher bin, daß du die ganze Angelegenheit auch gut durchziehen würdest.«

Welche Bedeutung hat es schon, wenn die Mutter haargenau beschreibt, was ihr mit dem eigenen Mann passiert ist? Ihr jedenfalls kommt es nicht so vor. Auch ist es belanglos, daß sie die Geliebten, die sich in verheiratete Männer verlieben und fremdes Familienglück zerstören, schon seit eh und je gehaßt hat. Gewiß ist sie nicht beglückt, daß ihre Tochter mit einem von ihnen ausgeht. Angesichts der Erziehung, die sie ihr hat angedeihen lassen, hat sie so etwas gerade nicht erhofft oder erwartet. Aber es muß auch Ausnahmen geben, und jeder Fall sollte einzeln beurteilt werden. Manchmal sind die Ehefrauen wirklich nicht in Schutz zu nehmen, und wenn die beiden ernsthafte Absichten haben, sollte man ihnen auch helfen und mit guten Ratschlägen aufwarten.

»Wenn du mich nur immer um Rat fragen wolltest«, verkündet Stefanias Mama, »würde dir kein Fehler unterlaufen. Das Schlimme aber ist, daß du dich nicht äußerst, kein Vertrauen zu mir hast und dich nicht öffnest. Auf diese Weise wird alles schieflaufen. Früher oder später wird diese Hexe ihren Ehemann wieder ganz für sich haben, und du wirst allein sein und um ein paar Jahre gealtert. Alle werden wissen, daß du eine Geschichte mit einem verheirateten Mann hattest, und dann wird es noch schwieriger für dich sein, einen anständigen Kerl zu finden, der es ernst mit dir meint. Und mir wird ein einsamer Lebensabend nur in deiner Gesellschaft bevorstehen. Mir, die ich seit zwanzig Jahren allein bin und nur aus Liebe zu dir nicht wieder geheiratet habe. Und wenn ich krank werden sollte? Bestimmt würdest du mich nicht pflegen. Dazu wärest du gar nicht in der Lage, denn als Krankenschwester bist du völlig untauglich. Das erkenne ich schon daran, daß du unfähig zu Berührungen und Umarmungen bist.

Ist dir klar, daß du mir nie einen Kuß gibst, mich nie liebevoll streichelst? Du bist steif und gehemmt, als wären deine Hände nur dazu da, tote Objekte anzufassen, zu schreiben, Rechnungen aufzustellen, zu tippen, die Schubladen aufzuräumen. Niemals bist du bereit, was weiß ich, mich zu massieren, mir einen Verband anzulegen, und waschen würdest du mich schon gar nicht, falls ich es eines Tages nicht mehr selbst könnte. Ich habe doch recht, oder? Ich weiß, meine Gute, du würdest das Haus immer eilig verlassen, um an deine Arbeitsstelle zu gelangen, und hättest keine Zeit für mich. Wahrscheinlich wärest du sogar imstande, mich in ein Altersheim abzuschieben, oder nicht? Aber das werde ich nicht zulassen, auch ich habe meine Eltern bis zu ihrem Tode gepflegt. Es war hart für mich, denn beide waren nicht mehr ganz klar im Kopf, du kannst es dir gar nicht vorstellen, in welchem Zustand sie waren. Doch es gehört nun mal zu den Pflichten der Kinder, sich um die Eltern zu kümmern, wenn sie alt sind, daran gibt es nichts zu rütteln. Ich denke, mit mir wirst du mehr Glück haben, weil ich nicht verkalken werde; du siehst ja selbst, wie ich mich mit Gymnastik, Yoga und Homöopathie fit halte. Du kannst also beruhigt sein, ich werde dir nicht zur Last fallen.«

Leider hat Stefanias Mutter, in der Tat noch gesund und kräftig, nicht sehr viele Freundinnen, hat nie viele gehabt. Der Grund ist vielleicht der, daß ihre Reden uferlos sind, alles überschwemmen, jeden freien Fleck besetzen und nie ein Ende haben. Eine Unterhaltung mit ihr ist schwierig, nicht weil sie etwa nichts von ihrem Gegenüber wissen will, sondern weil Raum und Zeit fehlen, um ihr zu antworten. So konzentriert sie sich immer mehr auf Stefania, aus der sie natürlich nicht viel herauskriegt, weil sie dafür ihren Redefluß unterbrechen müßte. Stefania versucht, sich ihrerseits vor der Flut von Sätzen, Ideen, Umschreibungen, Vorschlägen, Anspielungen und rhetorischen Fragen zu retten. Jeden Tag kommt sie etwas später von der Arbeit und verkriecht sich hin und wieder sogar samstags und sonntags im Büro. Was dazu führt, daß die Mutter sich nicht ohne eine gewisse Genugtuung die Liebesabenteuer der Tochter ausmalt.

»Wieso bringst du deinen Liebhaber nicht einmal mit hierher, anstatt sich mit ihm wer weiß wo herumzutreiben? Weißt du, wenn er mich kennen würde, wäre er vielleicht überzeugt, in mir keine Gegnerin, sondern eine Komplizin zu finden. Hier könnte er es sich gemütlich machen, seine Ruhe haben, und eine Unterhaltung mit einer Frau in meinem Alter wäre ihm vielleicht von Nutzen. Mein Erfahrungsschatz ist groß und reicht auch für ihn. Du kennst mich ja; ich kann auch geistreich sein, wenn ich bei Laune bin. Samstags und sonntags wollt ihr für euch sein, das verstehe ich ja, auch wenn ich in der Zwischenzeit gezwungen bin, hier allein herumzuhocken; aber unter der Woche abends könntet ihr doch herkommen, anstatt in irgendein mieses Restaurant am Stadtrand zu gehen. Abgesehen von meiner guten Küche gefiele ihm vielleicht auch die familiäre Atmosphäre. Versteh mich bitte nicht falsch, nur zum Essen will ich ihn hier haben, schlafen dürfen deine Liebhaber hier nicht, für so was könnt ihr woandershin. Ich kann dir natürlich nichts verbieten, aber in meinem Haus, im Zimmer neben meinem, will ich nichts von euren nächtlichen Liebesschwüren mitbekommen. Aber was sage ich da? Nächtliche? Am Nachmittag wird sich da was abspielen, oder höchstens noch eine halbe Stunde nach dem Abendessen, ich kann mir vorstellen, daß er die Nächte mit seiner Angetrauten verbringen muß. Oder liege ich falsch?«

Stefania hat resigniert und unterbricht die Mutter nicht. Sie weiß, daß sie sie ausreden lassen muß, auch wenn die Mutter das ausgiebig Tag um Tag tut. Es gibt nicht ein Wort, nicht einen Gedanken mehr, den sie für sich behalten hätte, sie gibt alles preis, es bricht geradezu aus ihr heraus, und möglichst mehrmals und immer auf die Tochter drauf. Stefania fragt sich, ob die Mutter auch bei den anderen ihrer Zunge freien Lauf läßt... bei den Tanten, den Cousinen, vielleicht beim Hausmeister oder bei der Putzfrau?

Sie hofft von ganzem Herzen, daß sie das nicht tut. Und wieder ist sie schweigend als einzige Zuhörerin zur Stelle, hat sie doch auch niemanden, mit dem sie die Last der vertraulichen Mitteilungen teilen könnte.

»Wäre wenigstens dein Vater da«, begehrt die Mutter erneut auf. »Siehst du, in Situationen dieser Art macht mir seine Abwesenheit zu schaffen, denn in diesen Dingen hatte der Unhold Erfahrung. Er wußte, wie er sich zwischen Ehefrau und Geliebter zu bewegen hatte, und wie! Als Ratgeber wäre er dir wesentlich nützlicher, er könnte dir genau sagen, wie du es am besten anstellst, einen Mann zu erobern. Es ist die Geschichte, die ihm widerfahren ist, auch wenn er – dessen bin ich mir sicher – alles allein durchgezogen hat. Und er hatte Glück, denn auf der Gegenseite war ich und verhielt mich anständig und nachgiebig und war bestimmt kein Hausdrachen so wie andere Frauen. Auf jeden Fall kannst du dich auf mich verlassen. Ich werde dir zur Seite stehen, wen auch immer du dir ausgesucht hast. Du weißt ja, ich nörgele herum, laß Dampf ab, rege mich auf und bin alarmiert, aber dann kann ich wesentlich verständnisvoller sein, als es auf den ersten Blick scheint. Im Grunde genügt es mir voll und ganz, wenn du glücklich bist. Deshalb bitte ich dich, vertraue dich mir an, sag mir, wer dieser Mann ist, wie er ist, wie alt, wer seine Frau ist und wie viele Kinder sie haben. Du hast nichts zu fürchten bei mir, meine liebe Stefania. Laß ihn doch herkommen, eine Frau von fünfunddreißig muß doch ihren Partner mit nach Hause bringen dürfen; ich will ihn kennenlernen, als Mutter habe ich ein Anrecht darauf. Du kannst auf mich zählen, laß dir das nochmals gesagt sein. Unterschätze diese Tatsache bitte nicht, denn nicht alle haben eine geduldige und beständige Stütze zu Hause, wie ich eine bin.«

Stefania schweigt. Für ihre Worte wäre sowieso kein Raum, und sie hat auch nichts zu sagen. Natürlich hat sie keinen Verlobten, weder einen ledigen noch einen verheirateten. Sie hat keinen, den sie ihrer Mutter vorstellen könnte, um sie milder zu stimmen und ihre Hoffnung auf Enkelkinder zu nähren. Früher hätte sie auch gerne einen netten und liebevollen Mann finden wollen, mit Hilfe dessen sie vielleicht den Klauen der Mutter entkommen wäre. Aber es ist ihr nicht gelungen, einen zu finden, der den Maßstäben entsprochen hätte, die ihr von klein auf eingetrichtert wurden. Ein junger Mann, ziemlich gutaussehend, seriös, fleißig, wohlerzogen, respektvoll, intelligent und aus guter Familie, finanziell abgesichert oder zumindest mit der Aussicht auf eine brillante und einträgliche Karriere – so einer ist ihr nie über den Weg gelaufen. Stefania sucht nicht mal mehr nach ihm, weil sie sowieso nur Männern begegnet, die der Mutter nicht recht sind. Sie hat die ganze Angelegenheit auf später verschoben, aber sie wagt nicht, daran zu denken, was später heißen soll, auch wenn sie nur allzugut weiß, daß sie schon dreiunddreißig ist.

»Weißt du«, bemerkt die Mama, »wenn du dich darauf versteifst, nicht zu reden, so stumm zu sein wie ein Fisch, wie in der letzten Zeit, erinnerst du mich bedauerlicherweise an deinen Vater. Auch er ließ mich einfach nur reden, ohne mir je eine Antwort zu geben oder zu unterbrechen, so daß ich manchmal annehmen mußte, er habe gar nicht zugehört. Minuten-, fast stundenlang überließ er mich meinen Monologen, und dann verzog er sich. Wohin, das habe ich ja später mitbekommen. Alle beide haben wir es erfahren und können es nicht mehr vergessen. Das stimmt doch, oder nicht?«

Amélie

Amélie ist zum Dienen geboren. Sie weiß es und ist insgeheim stolz darauf. Jemandem zu dienen bringt sie in Hochstimmung, ist wie ein Jungbrunnen für sie. Es vermittelt ihr das Gefühl, nützlich zu sein und geliebt zu werden. Wie ein Wirbelsturm, ohne die geringsten Anzeichen von Ermüdung ist sie den anderen zu Diensten, und die wohlwollende Anerkennung, die ihr zuteil wird, ist für sie der Gipfel des Glücks. Wenn die Freundinnen, die Freunde, die Familienangehörigen sie fragen, warum sie sich bis zur totalen Erschöpfung verausgabt und sich immer neue Dinge einfallen läßt, die sie für die Menschen zu tun hat, die sie liebt, anstatt sich dabei helfen zu lassen… erwidert sie nur knapp, daß sie das eben besser könne und es in kürzerer Zeit erledige.

Ihre Dienstleistungen umfassen hauptsächlich Arbeiten im Haushalt: Aufräumen, Putzen, Kochen, Bügeln, Bohnern, Reparaturen durchführen, Kleider in die Reinigung schaffen, sie wieder abholen, Einkaufen, zur Post oder in die Apotheke gehen. Etwas ganz anderes ist ihre Arbeit im Büro, der sie seit Jahren mit Sachkenntnis und sogar mit Freude nachgeht, jedoch ohne diesen Diensteifer, den sie im trauten Heim an den Tag legt. Ihre Tätigkeit als Assistentin des Direktors – nicht etwa Sekretärin, nie hat sie sich als Sekretärin gefühlt – nimmt sie viele Stunden in Beschlag. Diese Arbeit könnte in Wahrheit aber nur ein Alibi sein, um in aller Freiheit dienen zu können, wie es ihr beliebt, ohne sich deshalb als arme Hausfrau, als eines jener Dummchen zu fühlen, die nur etwas von Wäsche, Küche und Kindern verstehen. Das nicht.

Wer in ihrer Nähe lebt, ist manchmal versucht, diesen ewig wachen Dienstgeist mit einer galoppierenden Neurose zu verwechseln, die an Wahnsinn grenzt. Doch Amélie sieht das ganz und gar nicht so. Nicht einmal dann, wenn sie von einer langen und anstrengenden Reise zurückkommt und sofort, kaum hat sie die Wohnung betreten, mit dem Aufräumen beginnt. Es ist ein Labyrinth von Ordnung machen, Wegschaffen und Saubermachen, das sie unweigerlich auf die unterschiedlichsten Wege mit unzähligen Windungen und Kreuzungen bringt. Das geht bis spät in die Nacht und hat Nachwirkungen tags darauf oder noch länger.

Es kann beispielsweise vorkommen, daß ihr Blick beim Betreten der Wohnung auf einen Blumentopf mit einer Pflanze fällt, die schon ziemlich trocken aussieht. Dann nimmt sie sich gerade so viel Zeit, das Gepäck abzustellen, und holt sich im Mantel oder in der Jacke die Gießkanne und wässert die Pflanze. Da sie schon mal dabei ist, geht sie auch auf den Balkon und überprüft, ob die Grünpflanzen dort etwa auch Wasser brauchen. Während dieses Kontrollgangs sieht sie, daß die Wäsche auf der Leine trocken ist; sie nimmt sie ab und legt sie in den Korb mit der Bügelwäsche. Dabei entdeckt sie, daß eines der weißen T-Shirts ihrer Tochter sich leicht rosa verfärbt hat. Stehenden Fußes bereitet sie Wasser und Bleichmittel in einer Schüssel vor, um das Stück über Nacht einzuweichen. Auf dem Weg zum Fach mit dem Fleckentferner hat sie jedoch gesehen, daß in der Küche beileibe nicht die gewünschte Ordnung herrscht; und macht sich mit Eimer und Schrubber ans Werk – sie ist immer noch im Mantel, und die Koffer stehen weiterhin in der Diele. Wer von den Familienmitgliedern ihr zusieht, kann nur hoffen, daß es ihr nicht in den Sinn kommt, einen der kleinen Schränke zu öffnen, wo die Behälter mit Tee, Zucker, Mehl und Marmelade in großer Unordnung stehen. Es wäre ihr nämlich zuzutrauen, daß sie sich noch in derselben Nacht auf die Knie läßt, um alles auszuräumen, jeden Zentimeter mit einem feuchten Lappen auszuwischen und Stück für Stück wieder hineinzustellen. Eine Arbeit von mindestens zwei Stunden. Es würde auch nichts nützen, wenn ihr Mann, der entweder mit ihr zusammen auf Reisen oder aber zu Hause geblieben war, immer wieder nach ihr riefe und sie drängte, doch alles sein zu lassen und es auf den nächsten Tag zu verschieben, da es spät sei und Zeit zum Schlafen.

Ihr Mann mag müde sein, aber Amélie ist nach zwei oder drei Stunden des Herumwirbelns noch müder: Ihre Hände sind rissig vom vielen Spülwasser mit scharfen Reinigungsmitteln, ihre Beine bleischwer, ihr Kopf ist wie betäubt. Trotzdem fühlt sie sich gut und ist zufrieden. Außerdem ist sie überzeugt, daß ihr Mann froh ist über ihre außerordentliche Geschäftigkeit. Warum sollte er sich nicht freuen, eine Frau zu haben, die sein Heim hingebungsvoll hegt und pflegt? Warum sollte es ihm mißfallen, sie so emsig zu sehen? Hätte er lieber eine Frau, die sich, von einer Reise zurück, aufs Sofa fletzt, irgendwelche Boulevardblätter liest, ein Gläschen kippt und Schuhe, Mantel, Tasche und Schal in der Gegend herumliegen läßt?

Nach jeder Reise, jedem Urlaub, jedem Wochenende außer Haus kommt es zu diesem nächtlichen Aufruhr. Auf dem sich ständig verzweigenden Weg durchs Labyrinth geht Amélie so weit, eine Ladung Wäsche einzuweichen, den Schlafzimmerschrank zu ordnen, Strümpfe zu stopfen, Knöpfe anzunähen, den Kühlschrank abzutauen oder das Silber zu polieren. Und man darf nicht vergessen, daß alles mit einer trockenen Zimmerpflanze angefangen hat. Wenn es dann wirklich spät geworden ist, macht sie sich daran, die Koffer auszupacken, und hört nicht hin, wenn ihr Ehemann sie mit immer müderer Stimme bittet: »Laß doch sein, das erledige ich morgen früh!«

In kleinerem Maßstab und ohne diese Verbissenheit, die sie heute an den Tag legt, war sie schon in ihrer Kindheit so. Im Alter von zwölf Jahren war sie glücklich, wenn sie mittags und abends kochen durfte. »Sie ißt einfach so gern«, lautete der Kommentar der Eltern. In Wirklichkeit aber gefiel sie sich in der Rolle des tüchtigen Mädchens, und ein Lob für ein besonders gelungenes Gericht erfüllte sie mit Befriedigung. Ihre Spezialität waren Süßspeisen, da sie herausgefunden hatte, daß die Tafelrunde über einen Kuchen, eine Sahnespeise oder süße Kringel in viel größere Begeisterung geriet als etwa über ein Nudelgericht, einen Gemüseauflauf oder einen Braten. Vergaß man, sie zu loben, oder wagte man gar die leiseste Kritik, ließ sie beleidigt vom Kochen ab.

Von Kindesbeinen an verstand sie es, sich mit fast gleichbleibendem Eifer den unterschiedlichsten häuslichen Verrichtungen zu widmen, etwa Möbel einwachsen, Waschbecken und Badewanne so lange schrubben, bis sie in hellem Glanz erstrahlten, Silber, Kupfer und Messing putzen, die Schuhe ihres Vaters wienern, alles Dinge, die auch dem unaufmerksamsten Beobachter ins Auge fallen mußten. Erst im

Erwachsenenalter lernte sie, voller Hingabe auch die schlichteren Dienste, die niederen und weniger augenfälligen Arbeiten zu verrichten – Schränke aufräumen, staubsaugen, bügeln und stopfen.

Als sie dann in ihrer Studentenzeit und später als junge Frau alleine wohnte, verlor sich ihr Diensteifer, und ihre Talente als Köchin, Konditorin, Reinemachefrau und Näherin rosteten ein. In Ermangelung einer Person, die sie bedienen konnte, ließ sie sich jahrelang im Chaos ihrer Wohnung gehen. Sich selbst einen Dienst zu erweisen, wie es ihr die Vernunft zuweilen riet, wäre für sie eine sinnlose Übung gewesen, die sie nicht hätte auf sich nehmen können. Sie mußte für einen anderen arbeiten, ihn verwöhnen und glücklich machen, gewiß nicht für sich selbst. Wer sie als das außerordentlich fleißige kleine Mädchen kannte, das stets gewissenhaft und ordnungsliebend bei einer wichtigen oder weniger wichtigen Beschäftigung anzutreffen war, konnte sie kaum in der Frau wiedererkennen, die Unordnung, die ungenutzte Küche, der halbgefüllte Kühlschrank, die ewig ungeputzten Schuhe, der löchrige Pullover kaltließen.

Nur wenn ein Mann in Amélies Leben trat, kam sie wieder zu sich. Wie durch ein Wunder verwandelte sie sich erneut in das emsige kleine Mädchen und bedachte das Objekt ihrer Liebe mit unzähligen Aufmerksamkeiten. Sie wusch dem Angebeteten sofort die Oberhemden, bereitete Abendessen für ihn zu, nähte Knöpfe an und eilte dahin und dorthin, um Besorgungen für ihn zu erledigen. Das Ergebnis war, daß der Verlobte, erdrückt von diesem Übermaß an Umsorgtwerden, bald von der Bildfläche verschwand, um sich nach einem dieser unnützen und launischen Weiber umzuschauen, die die Männer von oben herab behandelten, sich wie Prinzessinnen bedienen oder gar mit Geschenken überhäufen ließen. Und bei Amélie brach erneut eine Zeit der Unordnung an.

Beim nächsten Verliebten legte Amélie genau das gleiche Verhalten an den Tag: dienstfertig warf sie sich ihm zu Füßen: Darum kümmere ich mich, laß mich das richten, ankleben, stopfen, abgeben, abholen.« Trotzdem dauerte die Geschichte zu ihrem großen Bedauern nicht lange. Wenn sie erkannte, daß er weniger bei der Sache war, und spürte, daß seine Leidenschaft abkühlte, suchte sie beharrlich nach neuen Aufgaben, mit denen sie ihn glücklich machen könnte. Oder zumindest zufrieden. Sie stickte ihm sein Monogramm auf die Hemden oder füllte den Vorratsschrank in seiner Küche mit Marmeladenkonserven, die sie eigenhändig samstags und sonntags für ihn gekocht hatte; oder sie erbot sich, ihm die Termine beim Arzt, Automechaniker oder Schneider zu organisieren.

Falls die erotische Situation es gebot, die längst

nicht mehr so beglückend war wie zu Anfang, stellte sie sich dem derzeitigen Verlobten sexuell bedingungslos zur Verfügung. Mach es so, mach es anders, leg dich so hin, nein, besser, wenn du dich ganz umdrehst, laß mich mal sehen, halt still, jetzt beweg dich, nein, nicht so wild, sanfter, auf, noch ein wenig, so ist's gut, weiter so, los, nicht aufhören, sag mir schon, es gefällt dir, nicht wahr? Ich treib dich zum Wahnsinn, stimmt doch, oder?

In den meisten Fällen gefiel es ihr gar nicht, und sie glaubte keineswegs, verrückt zu werden, aber sie steigerte sich so in die Rolle der leidenschaftlichen Liebhaberin, um den Verlobten des Abends glücklich zu machen, daß sie stets bereit war, wieder von vorne anzufangen. Mit der Sanftmut eines braven Mädchens tat sie alles, was man von ihr verlangte, oft mußte man sie gar nicht erst bitten. Sie wand sich hin und her, beugte sich nach vorn, drehte sich, um auszuführen, was von ihr verlangt wurde; wenn Amélie manchmal – eigentlich immer öfter – der Experimente ihrer Liebhaber müde war oder sogar etwas angewidert, machte sie unverzagt weiter und verließ am Ende heiteren Sinns das Bett. Sie hatte das Gefühl, etwas Nützliches getan zu haben, und war gleichzeitig erleichtert, die anstrengende Übung hinter sich gebracht zu haben.

Aber verwundert und ungläubig mußte sie feststellen, daß es ihr nicht einmal mit der vollkommenen sexuellen Hingabe gelang, einen der Männer zu halten. Sie dachte, daß sie dank der intimen Zusammenkünfte und der vertraulichen Dialoge, die sich zwischen ihnen abgespielt hatten, den einen oder anderen untrennbar an sich binden könnte – und sei es nur wegen der Unmöglichkeit, bei einer anderen Frau die gleiche blinde und uneingeschränkte Verfügbarkeit in Küche, Garderobe und Schlafzimmer zu finden. Früher oder später aber verzogen sich alle, wichen zurück vor dieser außerordentlichen Hingabe, die der eine nicht verdient zu haben glaubte, die der andere wiederum als peinlich empfand, die dem dritten schwer auf dem Magen lag wie ein viel zu süßer Nachtisch, der Übelkeit hervorruft.

Schließlich aber kam der Mann, der es über alles liebte, von Kopf bis Fuß versorgt zu werden, und heiratete Amélie. Noch heute ist sie überzeugt, ihrem Mann diese großherzige Geste aus ferner Vergangenheit vergelten zu müssen. Und nach vielen Ehejahren merkt sie vor lauter Bedienerei gar nicht, daß er nicht nur ein Oberfaulenzer ist, sondern auch trotz ihrer unaufhörlichen Selbstverleugnung in Haus, Küche und Bett so manches Stündchen mit anderen Frauen verbringt, die offensichtlich mehr freie Zeit haben als sie.

Amélie ahnt nichts – oder fast nichts. Selbst wenn

sie völlige Gewißheit besäße, gäbe sie sich die Schuld dafür. Und sie würde neue Dienste ersinnen, mit denen sie das Werk zur Vollendung bringen könnte, auf daß der Mann ihres Lebens, umgeben und überhäuft von ihren Liebesdiensten, gezwungen wäre, sie zu begehren, sie zu wollen, sich immer wieder für sie zu entscheiden. Ob sie ihn tatsächlich liebt, steht auf einem anderen Blatt, aber darum geht es nicht. Für Amélie zählen nicht ihre Wünsche, sondern seine, schuldet sie ihm doch weiterhin Lohn und Dank, weil er sie einst aus der ihn umgebenden Frauenschar zu seiner Braut erwählt hat.

Und sollte er früher oder später, was die Freundinnen stark befürchten, beschließen, mit einer von den weniger unerträglichen und beladenen Frauen, mit denen er seine Freizeit zu verbringen beliebt, das Weite zu suchen, würde Amélie es letztendlich doch wieder sich selbst anlasten: »Du bist einfach unfähig, einen Mann zu halten, jede beliebige Frau ist dazu imstande. Es ist deine Schuld, wenn dieser einzige großzügige Mann dich sitzenläßt, der dich zur Frau haben wollte.« Aus diesem Grund konnte sie auf die schamlose Cristina nicht allzu sauer sein, denn sie mußte einfach deren unbestreitbare Überlegenheit, zumindest auf dem Gebiet der Krankenpflege, anerkennen.

Amélie würde es sich vor allem deshalb nicht verzeihen, den Gatten verloren zu haben, weil sie dann niemanden mehr hätte, an dem sie ihren unermüdlichen Diensteifer auslassen könnte. Es stimmt, daß sie den inzwischen größtenteils auf ihre Kinder richtet und sie mit den unzähligen Aufmerksamkeiten und kleinen Handreichungen, die sie ihnen angedeihen läßt, ruiniert: Zimmer aufräumen, Koffer auspacken, Fahrrad zur Reparatur bringen, ihre Hausaufgaben mit verstellter Schrift schreiben, ihnen die Wünsche von den Augen ablesen. Aber das ist etwas anderes. Bei den Kindern hat sie nicht das Gefühl, etwas oder jemanden zu erobern, sie sind eine einfache Beute, zugleich undankbar und ahnungslos; mit ihnen ist es nicht dieser Kraftakt wie mit ihrem Ehemann, der sie am Leben hält und ihr den Eindruck vermittelt, einen langwierigen Krieg nach Punkten zu gewinnen, wobei das Motto lautet: Ich tue dies und jenes für dich, und im Gegenzug lebst du an meiner Seite.

Angst macht sich in ihr breit, und sie sinnt nach neuen Strategien. Sie hält die Augen weit offen und ist glücklich, wenn sie eventuell Lücken im vollkommenen Netz ihrer Verpflichtungen entdeckt. Vielleicht hat sie übersehen, seine Winterkleidung in die Reinigung zu bringen, vielleicht könnte sie ihn mit einem neuen, unvergeßlichen Gericht überraschen, vielleicht sollte sie ihn beim Zahnarzt zur jährlichen Kontrolle anmelden.

Besonders aber nach Cristinas Tadel schützt Amélie auch an der Front der sexuellen Dienstleistungen keine Müdigkeit mehr vor. In Ermangelung von Lehrmeistern und neuen Erfahrungen, von denen sie profitieren könnte, und aus Scham, immer wieder dieses Thema vor den Freundinnen anzuschneiden, schleicht sie sich ungesehen in die Nachmittagsvorstellungen der Pornokinos. Sie versucht jede einzelne Szene im Gedächtnis zu behalten und sieht sich im Geist an der Stelle der unwiderstehlichen, hüllenlosen Wesen, die den Körper ihrer Partner ertasten, auspeitschen, erforschen und sich ihrerseits an jeder Stelle und in alle Richtungen erforschen lassen. Da ihr klarwird, daß sie einen unverzeihlichen Rückstand auf diesem Gebiet hat, weicht sie, wenn ihr die Zeit für Lektionen im Kino fehlt, auf erotische Literatur in Form von Heftchen und Büchern aus, die sie, voller Scham um sich blickend, an Zeitungskiosken und bei Fachhändlern erwirbt. Diese Methode ist ihr nicht besonders recht, da sie die Seiten heimlich durchblättern und lesen muß und es sich nicht erlauben darf, von jemandem aus ihrer Familie dabei überrascht zu werden.

Sobald sie glaubt, etwas dazugelernt zu haben, bietet sie ihrem Gatten abends im Bett dieses Novum mit der gleichen gewissenhaften Emsigkeit an, mit der sie ein neues Rezept fürs Abendessen ausprobiert: Sie sagt nichts, fragt nichts, sieht nicht hin, sondern kontrolliert seine Reaktionen. Wenn er, angenehm überrascht, sie tonlos ausfragt, antwortet sie ebenfalls tonlos und abwiegelnd: Das sind Dinge, die Frauen einfach wissen, ich lasse mich nur von meinem Instinkt leiten, um dir Lustgewinn zu verschaffen.

Wenn er jedoch so tut, als wäre nichts, wenn er sich auch nur ein klein wenig abweisend, steif und gelangweilt zeigt, kehrt Amélie sofort zu den bewährten Methoden zurück. Sie ist betrübt, weil ihr die Überraschung nicht gelungen ist, aber insgeheim auch wiederum erleichtert, weil diese Gymnastik nichts für sie ist, es noch nie war. Es ist ungefähr so wie bei jenen Gerichten, die sie kocht, aber nicht ißt. Vielleicht hat es nichts mit ihrer Erleichterung zu tun, aber seit einiger Zeit kennt Amélie einen Mann: Sie hat ihn in einem der Kinosäle für Sexfilme kennengelernt, was bedeutet, daß er ein scheuer, etwas melancholischer und alles andere als extrovertierter Typ ist. Hin und wieder drehen sie zusammen eine Runde, und er lädt sie auf einen Kaffee, eine Limonade oder ein Eis ein. Andere Male begleitet er sie beim Einkaufen, schiebt ihr den Einkaufswagen oder trägt ihr die Taschen. Manchmal kutschiert er sie in seinem Wagen zu den verschiedenen Geschäften und wartet auf der Straße auf sie. Er sieht sie immer in Eile und Hast mit der Bürde unzähliger Pflichten, und so bietet er sich an, ihr unter die Arme zu greifen und ihr etwas abzunehmen. »Ich mach das schon«, sagt er immer wieder, »laß mich das tun, ruh dich doch ein bißchen aus.« Auch wenn es für Amélie seltsam ist, als steckte sie plötzlich in der Haut einer anderen Person, beginnt sie langsam, fast unmerklich, sich an ihn anzulehnen.

Auch deshalb war sie nicht übermäßig verletzt, als sie von der Geschichte mit Cristina erfuhr.

Francesca

Francesca ist leider dick. Das war sie schon immer mit ihren großen Brüsten, die, ist sie nackt, auseinanderquellen und bis zum Bauch reichen. Nur mit Mühe kann der Büstenhalter diese Fleischmasse bändigen, und unter der Last hinterläßt er tiefe, rote Bahnen auf Francescas Schultern. Sie braucht beide Hände, um eine Brust hochzuziehen und im Spiegel zu überprüfen, wie das aussieht. Nur so hat die Brust eine annehmbare Form, ist endlich rund und nicht länglich wie eine riesige Birne, und Francesca kann den breiten, braunvioletten Hof der Brustwarze eingehend betrachten. Sie zwickt den Nippel oder reibt ihn, wenn das nicht funktioniert, mit einem Eiswürfel, bis er hart und spitz wird und nach oben steht; auf diese Weise wird die ganze Brust fester und straffer und hängt weniger schlaff und wabbelig herunter.

Auch wenn diese Manöver Francesca eine leichte Befriedigung verschaffen – ihre Haut ist ganz weich und die Brustwarzen reagieren beinahe immer auf ihre abwechselnd sanft kreisenden oder heftigeren Berührungen –, verabscheut sie ihre Brüste. Sie hebt erst die eine, dann die andere in die Höhe, sieht sie lange und mit großer Verachtung an, und jedesmal kommen sie ihr noch gigantischer und unförmiger vor. Abrupt läßt sie die verhaßten Dinger fallen und spürt den Schlag gegen den Magen, hört das unerträgliche Geräusch, wenn nacktes Fleisch auf nacktes Fleisch klatscht.

Sie kann einfach nicht begreifen, weshalb die Männer, die sie gehabt hat und weiterhin hat, sich so leidenschaftlich für ihre Brüste begeistern (wäre sie ein Mann, würde sie nicht im Traum eine Frau von ihren Ausmaßen anfassen wollen). Über das kurze Lustempfinden hinaus hat ihr Erfolg beim männlichen Geschlecht für sie nicht die geringste Bedeutung. Sie ist überzeugt, daß ihre Verehrer keine normalen Männer sind, in die sie sich verlieben oder auf die sie stolz sein könnte, sondern krankhafte, fixierte Typen, Mitglieder der Sekte »Anbeter des großen Busens«.

Am liebsten wäre es ihr im Dunkeln, nur tasten und nichts sehen; so könnte sie sich zumindest für Augenblicke der Illusion hingeben, eine Frau wie jede andere zu sein. Die Männer aber zwingen sie, sich bei vollem Licht auszuziehen oder sich von ihnen ausziehen zu lassen. Und immer läuft die gleiche Nummer ab: Kaum ist sie aus dem Pullover raus und steht nur noch mit dem riesigen Büstenhalter da, der bald zu platzen droht, stürzen sich die Typen auf sie und versenken Gesicht und Hände in ihren Busen. Sie scheinen wie im Rausch, wenn sie sich abmühen, die überquellenden Brüste aus dem Panzer aus Lycra und Elastan zu zerren. Wie besessene Bäckermeister bearbeiten sie Francescas Fleisch, als sei es roher Teig, und kosten von Zeit zu Zeit mit den Lippen und der Zunge, ob auch das Salz stimmt; es sind Ärzte, die sie abhören wollen und die unrasierten Wangen gegen ihren Busen drücken, um seine Wärme zu spüren. Sie lassen ihre Finger über die runde Oberfläche gleiten, erst sanft, dann so fest, daß es beinahe schmerzt. Sie wollen die weichste und zugleich die festeste Stelle ertasten, sind auf der Suche nach wer weiß welchem Geheimnis – vielleicht wollen sie herausfinden, ob ihr Fleisch wirklich eßbar ist.

Francesca hält still und läßt sich abtasten, beißen, an sich saugen und sich hin und her zerren. Das ist der Preis für die Lust, die die Männer ihr manchmal bereiten. Vor allem ist es der Preis für ihr Nichtalleinsein. Geduldig macht sie mit, wenn die Männer mit beiden Händen erst eine Brust, dann die andere hochheben, um sich dranzuhängen wie an dickbäuchige Flaschen. Würde sie ihnen verbieten, sich ihrer Brüste zu bemächtigen, wollte keiner mehr etwas von ihr wissen. Zu ihr kommen sie wegen der Titten, wie sie sie haßerfüllt bei sich nennt. Die normalen Männer würdigen sie keines Blicks, da sie es beim bloßen Gedanken, diesen Fleischberg nackt bewältigen zu müssen, mit der Angst bekämen. Für Francesca sind die Spezialisten zuständig, und die fühlten sich vor den Kopf gestoßen, wollte sie ihnen eines Tages aus heiterem Himmel ihren interessantesten Teil entziehen. Besser also die Spezialisten als gar niemand.

Trotzdem sieht sie den Männern zu, wie sie sich an ihr zu schaffen machen, als beobachte sie Kinder, die mit der eigenen Kacke spielen. Befremdet und angewidert schaut sie hin und wartet, daß sie endlich genug haben und zu einem anderen, weniger dummen, langweiligen und peinlichen Spiel überwechseln. Resigniert läßt sie alles über sich ergehen und hofft, daß die Männer sie in Ruhe lassen und diese Phase bald überwunden haben; nur so wird die glühendrote Haut ihrer Brüste, die vom langen Kneten an manchen Stellen fast entzündet sind und noch geschwollener wirken, wieder normal, blaß und glatt sein und nur das bläuliche Adernetz an manchen Stellen durchscheinen lassen.

Der derzeitige Spezialist für ihre Titten, dem sie, entnervt und beleidigt wegen seiner einseitigen Fixierung, noch immer nicht den Laufpaß gegeben hat – aus dem einfachen Grund, weil sie wie immer hofft, daß sein Interessengebiet sich erweitern könnte –, ist einer ihrer Arbeitskollegen. Monatelang, von seinem ersten Tag im Büro an, starrte er sie an, ohne den Mut zu haben, sie anzusprechen. Immer wieder ertappte sie ihn, wie er stumm neben oder knapp hinter oder vor ihr oder auch einige Meter entfernt mit scheelem Blick wie hypnotisiert ihren Busen anvisierte. Später sorgte er dafür, dieser Gianluigi, daß sie Tag für Tag inmitten der Arbeitsunterlagen auf ihrem Schreibtisch kleine Zettel vorfand, auf denen überraschend gelungen eine Frau mit riesigem Busen skizziert war, die aussah wie die Madonna auf dem Altar, vor dem sich ein Mann in Anbetung niederwirft. Mit der Zeit veränderten sich die Zeichnungen und beschränkten sich aufs Wesentliche, denn es bestand keinerlei Zweifel über die Absichten ihres Urhebers: Sie zeigten nur noch große, nackte Brüste, nach denen ein Mann die Hände ausstreckt; oder eine Brust von der Seite gesehen und das Gesicht eines Mannes, ebenfalls im Profil, der die Zunge nach ihr ausstreckt, um sie abzulecken. Kommentarlos, ohne ein einziges Wort.

Das ging so bis vor wenigen Tagen, als Gianluigi, der Francescas Schweigen vermutlich als Einwilligung auslegte, mutig mit ausgestreckten Armen im Gang auf sie zuging, als wolle er sie umarmen; in Wirklichkeit aber steuerte er geradewegs auf ihre Brüste zu, preßte seine Hände auf sie und sah aus, als liefe er nach der Umsegelung der gesamten Erdkugel endlich im Hafen der Sehnsucht ein. Der Überraschungseffekt, das Risiko, von jemandem gesehen zu werden, der Gedanke an jene Zeichnungen und auch die sanfte Berührung seiner Hände erregten sie immerhin soweit, daß sie sich überzeugen ließ, das Abtasten in einem leerstehenden Büro in der Nähe fortzusetzen. Weil aber der Zimmerschlüssel fehlte, beschränkte sich diese Erkundung auf frenetisches Streicheln ihrer Brüste, Bisse und Küsse auf die Brustwarzen und wirr gestammelte, lange Zeit unterdrückte Worte über ihr so heiß begehrtes Fleisch. Diese unbefriedigend verlaufene Begegnung – Gianluigi blieb vollkommen angekleidet, und Francesca hatte nur die Bluse und den Büstenhalter aufgemacht – zog weitere nach sich, die selbstverständlich alle in ihrer Wohnung stattfanden, denn Gianluigi geht auf die Sechzig zu (Spezialisten gibt es in sämtlichen Altersstufen) und ist seit Ewigkeiten verheiratet. Es sind Begegnungen, die sich, vielleicht gerade weil er auf die Sechzig zugeht, in endlosem Streicheln erschöpfen. Hielte Francesca dabei die Augen geschlossen und sähe nichts, hätte sie möglicherweise angenehme Empfindungen. Für kurze Augenblicke gelingt es ihr auch, und sie kann sich vorstellen, eine normale Figur mit einem normalen Busen zu haben, einen jener wohlproportionierten Apfelbusen wie die Mädchen in den Werbespots. Doch dann kann sie nicht anders, sie schlägt die Augen vor dem unschönen Spektakel auf und erblickt Gianluigi – der seinerseits nicht eben schön anzusehen ist –, wie er im Fleisch ihrer Riesentitten wühlt, die sich, wenn sie sich am Ende wieder aufsetzt, warm und schwer über ihren Schenkeln ausbreiten.

Selbst wenn sie in einer Wohnung ohne Spiegel und ohne Fensterscheiben, die bei Dunkelheit ihre Umrisse reflektieren, oder in einer Stadt ohne Schaufenster lebte, selbst wenn ihre Hände taub und gefühllos wären, würden die anderen sie ständig an ihren Zustand erinnern. »Was für ein Milchladen!« säuselt ihr beinahe täglich der eine oder andere Straßenpassant im Vorübergehen zu, und ohne ihr ins Gesicht zu schauen, giert er unverschämt ihre Titten an, als existierten nur sie, als wären sie die Besonderheit ihrer Person, die alles andere in Vergessenheit geraten ließe. Genau das gleiche hat Gianluigi wochenlang gemacht, ebenso wie seine Vorgänger.

Seit ihrem zwölften Lebensjahr schon will Francesca sich die Dinger wegoperieren lassen, und das wiederholt sie sich ständig vor dem Spiegel. Voller Neid betrachtet sie die Frauen mit den kleinen, handlichen Brüsten und spürt das Verlangen, sie anzufassen, sie straff und frisch in einer Hand zu fühlen, nicht schwabbelig und unförmig. Sie hat auch Lust, die Brustwarzen der anderen zu lecken, bis sie hart und spitz sind und nicht breit und mit ausgefransten Umrissen wie ihre.

Ähnlich üppige Frauen zu sehen ist ihr kein Trost. Sie empfindet vielmehr Ekel vor ihnen. Wenn sie könnte, würde sie sofort wegschauen. Aber sie kann nicht, denn diese Frauen sind ihr Ebenbild. Gebannt starrt sie ihnen entgegen, und das Grauen überkommt sie: In ihnen erkennt sie sich selbst, mit diesem Busen, der Pullover und Pullis bis zum Zerreißen dehnt und bei jedem Schritt schwer hin und her wogt. So ein Busen ist Zielscheibe des Spotts der jungen Burschen, erregt Mitleid bei normalen Männern und wird zum Fetisch der Spezialisten, die Francesca bestens in ihren Rollen als Ärzte und Bäcker kennt.

Gelegentlich hält sie vor den Schaufenstern der Damenwäschegeschäfte inne. Sie tut das mit Bedacht und blickt erst vorsichtig um sich, ob ja keiner sie beobachtet, wie sie da mit ihrem riesigen Vorbau in den Anblick der winzigen Bügel-BHs aus zarter Spitze oder der ganz neckischen aus durchsichtigem Tüll versunken ist – sie müßte sich ansonsten zu Tode schämen. Wenn also niemand ihr nachspioniert, bleibt sie sogar eine geschlagene halbe Stunde stehen, um jedes einzelne der kostbaren Dessous zu mustern, die für sie auf immer tabu sein werden, obwohl sie in ihren Träumen weitaus gewagtere Modelle trägt; sie ahnt die Wollust, die sie verspüren würde, wenn ein Mann ihr diese Stücke abstreifen und, wie sie es im Film gesehen hat, sein Gesicht hineingraben würde, um ihre Wärme zu spüren und ihren Duft einzuatmen. In den Kaufhäusern – nicht in einem Miederwarengeschäft, wo die Verkäuferinnen bestimmt über sie gelacht hätten – hat sie ein paar dieser Kreationen erstanden und hält sie in einer Schublade versteckt. Aber vor wem verbirgt sie die Stücke eigentlich, da sie doch allein lebt? Vielleicht vor der Putzfrau, die ebenfalls über sie lachen müßte. Oder vor sich selbst, um beim unbedachten Aufziehen der Schubladen nicht unvermittelt diesem Anblick ausgesetzt zu sein.

Kommen ihr jedoch die kostbaren Stücke in den Sinn, holt sie eines heraus, stellt sich nackt vor den Spiegel und stülpt es sich über die Brustwarzen, für mehr ist in den Körbchen kein Platz. An guten Tagen bringt sie es fertig, eine Weile damit zu spielen: Sie läßt ein Stück der Brustwarzen aus dem Spitzensaum herausschauen, bedeckt sie aber gleich wieder. Unaufhaltsam steigt neue Verzweiflung in ihr auf, und unglücklich wirft sie alles in die Ecke, um sich ihre gräßlichen Verschalungen aus grobem gesteiften Miederstoff überzuziehen, die, welch mühseliges Unterfangen, ihrem Fleisch eine Form geben sollen. Für sie gibt es keine Spitze, keinen Tüll, keine Körbchen-BHs, nur dicke Gummibänder, die sie zusammenquetschen und das Fett hervorquellen lassen, und breite, unterlegte Schulterträger, um die Belastung zu verringern – vergeblich, denn die roten Druckstellen auf ihrer Haut sind nach wie vor da. Und welcher Mann würde es wohl wagen, sein Gesicht in einen dieser riesigen Büstenhalter aus dem

Geschäft für orthopädische Artikel zu versenken, die absolut nichts Erotisches an sich haben? Nicht einmal einer ihrer Spezialisten, Ärzte oder Bäcker, würde so weit gehen.

Der Busen ist Grund für Francescas Einsamkeit. Sie haßt und verabscheut die Männer, denen sie gefällt. Sie liebt nur diejenigen, die von solchen Fleischbergen betroffen sind und ihr gezielt aus dem Weg gehen. Diejenigen, die sie nur mit einem kurzen Blick voll Verwunderung und Abscheu streifen, findet sie sogar raffiniert und elegant. Sie sind unwiderstehlich für sie, und natürlich verliebt sie sich in einen von ihnen, träumt von ihm und malt sich intime Begegnungen mit ihm aus. Aber auch in ihren Traumschlössern muß sie sich wieder von ihm trennen, denn unüberwindlich erhebt sich zwischen ihnen ihr ausladender Busen, mit dem er zu Recht nichts anzufangen wüßte. In die Spezialisten, egal ob kindlich oder voll tierischer Begierde, in jedem Fall nicht attraktiv, kann sie sich einfach nicht verlieben, eben weil diese Männer nur an ihrem Busen interessiert sind. Diese Kerle sind ihr im gleichen Maß verhaßt, wie sie ihre Titten haßt. Es ist in erster Linie ein ästhetisch begründeter Haß auf diese reizlosen und plumpen Euter; aber der Haß geht noch tiefer, ist beinahe etwas Metaphysisches, seit Francesca erkannt hat, daß sie der Grund sind, weshalb sie mit fünfunddreißig Jahren noch immer Single ist.

Abmagerungskuren hat sie schon Hunderte, vielleicht sogar Tausende gemacht; aber die zwanzig Kilo Übergewicht sitzen zum größten Teil in ihren Brüsten. Ein bißchen hat sie abgenommen: Hüften, Bauch und Hintern sind flacher geworden und machen so ihre Figur nur noch unproportionierter. An der Brust hat sich durch die fünf, sechs Kilo, die sie einmal verloren hat, so gut wie nichts verändert. Nicht eine einzige Büstenhaltergröße ist sie geschrumpft. Niemand außer ihr hat bemerkt, daß die Brüste ein klein wenig leichter auf ihrem Bauch auflagen, daß die Brustwarzen vielleicht einen halben, bestenfalls einen Zentimeter höher standen als gewöhnlich. Zwangsläufig begann Francesca wieder zu essen und stopfte noch mehr als vorher in sich hinein. Dann überfielen sie Reue und Tränen, vielleicht klagte sie einer der verschwiegensten Freundinnen ihr Leid, und am Abend bestrafte sie sich, indem sie sich nackt dicht vor den Spiegel stellte, um deutlich zu sehen, wie ihre Mißbildungen bis zum Waschbecken hinunterhängen, als wäre ihr Busen ein wabbeliges fleischrosa Tier, das von ihrem Leib losgelöst zu sein scheint und doch tragischerweise immer noch zu ihr gehört. »Das hast du jetzt von der Fresserei«, flüstert sie tonlos und weiß sehr wohl, daß auch die nächste Tortur keine Erlösung bringen wird, da sie die zwanzig Kilo einfach nicht verlieren kann und niemals in der Lage dazu sein wird. Außerdem würde es sowieso nichts nützen. Der Diätfachmann hat es ihr gesagt: »In jenem Fall blieben Ihnen zwei leere, schrumpelige Hautsäcke.«

An einen chirurgischen Eingriff hat sie auch schon gedacht, ständig denkt sie daran. Dank der Unterstützung und des Zuspruchs ihrer treuesten Freundin – die die Sache längst leid ist und ihr immer häufiger einen Korb gibt, wenn es darum geht, ihr zuzuhören oder sie zu begleiten – hat sie sich einmal durchgerungen, einen Termin bei einem Schönheitschirurgen festzumachen. Aber sie litt heftig darunter, ihren Busen zu entblößen, ihn hochheben, beäugen, in die verschiedensten Stellungen bringen, ihn betasten und in der Hand wiegen zu lassen, und das von einem wissenschaftlichen Beschauer von Monstrositäten, dem jene leicht manische Begierde fehlte, an die sie bei ihren Liebhabern gewöhnt war. Nie mehr wieder wollte sie zu ihm gehen! Sie ist praktisch aus dem Arztzimmer geflüchtet, ihre Brüste waren noch bedeckt von Linien mit rotem Filzstift zur Kennzeichnung, wo geschnitten und zusammengenäht werden sollte; es sah aus wie ein grauenhaftes Spinnennetz, das jedermann zwangsläufig zum Lachen bringen mußte. Unter dem Deckmantel der Professionalität hatte der Herr Chirurg ihre Brust in sadistischem Vergnügen mit diesen Zeichen noch mehr verunstaltet. Wahrscheinlich war er überzeugt, daß das schreckliche Netz die

Kundin überzeugen werde, sich schnellstens in seiner Klinik von drei Vierteln ihrer Brüste zu trennen.

Auch der Gedanke an die Operation lähmt Francesca. Des Nachts liegt sie wach im Bett und malt sich die Schlachterbank aus, auf dem ihr Busen wie Kalbfleisch in Bugstück, Filet, Nuß zerstückelt und mit einem ganz scharfen Skalpell in Scheiben geschnitten wird. Da liegt es dann, ihr lebendiges Fleisch in Stücke gehackt, inmitten von Blut und Hautfetzen auf dem kalten Marmor. Welch grauenhafte Vorstellung, sie darf gar nicht daran denken! Was würde wohl mit den Resten, den drei Vierteln entfernter Brust geschehen? Ab in die Mülltonne vielleicht? Wohin sonst? Nein, sie kann sich nicht zu dieser Entscheidung durchringen. Mit ihren schrecklichen Titten muß sie nun mal leben und sterben.

Obwohl sie sich immer von ganzem Herzen gewünscht hat, kleine Brüste zu haben, die sich mit einer Hand umschließen und streicheln lassen, kann sie beim besten Willen nicht glauben, daß ein chirurgischer Eingriff tatsächlich dieses Wunder vollbringen würde. Zumindest nicht von ihren Maßen ausgehend. Jene wundervollen, neugestalteten, unechten Busen der Schauspielerinnen, Sängerinnen und Models, die sie entrückt in Magazinen oder auf der Mattscheibe bewundert und von denen sie ihren Blick einfach nicht mehr abwenden will, kann sie sich einfach nicht am eigenen Leib vorstellen. Im besten Fall sieht sie sich im Geist mit harten und etwas buckeligen Auswüchsen voller Nahtstellen, die auf die Brustwarzen zulaufen, was wie eine Art unter der Haut liegender Büstenhalter aussieht, der bläulichviolett und wegen der vielen Narben ganz knotig ist.

Francesca sitzt nackt auf dem Bett, und ihre blaß himbeerfarbenen Brüste breiten sich über ihren Beinen aus. »Oh, die Farbe des Mondscheins«, säuselt einer ihrer Liebhaber entzückt und versenkt sein Gesicht in ihrem Fleisch. Es kann ja keine andere als diese Farbe sein, da sie das letzte Mal als kleines Mädchen am Strand war. Schon damals war sie kräftig, aber unbekümmert, denn sie war sich ihrer Kurven noch nicht voll bewußt. Der Gedanke, sich im Badeanzug zu zeigen, ist ihr heute unerträglich. Außerdem gibt es keine Badeanzüge in ihrer Größe. Als die kleine, schon gut im Fleisch stehende Göre sich zu einem drallen Mädchen mit ausladendem Busen entwickelte, brachte die Mutter sie zur Korsettschneiderin; über Jahre ließ Francesca sich ergeben von den erfahrenen Händen der Dame begrapschen, die unerträglich professionell und energisch, aber nicht ohne Mühe ihre Brüste zusammenpreßten, hochhoben und in einen Einteiler aus hartem Stretchgewebe zwängten. (»Das hält besser zusammen, kleines Fräulein!«) »Für mich ist es, als hantierte ich mit Brot«, tröstete einmal die Korsettherstellerin, weil sich das Mädchen leicht beschämt abwendete, als sie die fremden, kalten Hände spürte, die unbedingt Ordnung in ihrem Fleisch schaffen wollten. Aber Francesca gefiel die Vorstellung ganz und gar nicht, aus gegangenem Hefeteig zu verschiedenen Brotarten geformt zu sein. (Heute, nach all dem Kneten und Beißen, das sie bei den Männern zu ertragen hatte, macht es ihr nicht mehr so viel aus, wenn ihre Brüste mit Brotlaiben verwechselt werden.) Irgendwann weigerte sie sich, zu Sommeranfang diese Besuche zu absolvieren. Sie brachte es nicht mehr fertig, sich vor der Schneiderin und den Assistentinnen zu entblößen, vor allem weil in der Zwischenzeit ihr Brustumfang – wie ihre Maße in diesem Geschäft bezeichnet wurden – weiter zugenommen hatte. Sie weigerte sich auch deshalb, weil es das Hauptanliegen der Korsettschneiderin – ihr ganzer Stolz und ihre Spezialität – war, die Brüste mit handwerklicher Bravour und mit Tricks soweit wie möglich nach oben zu pressen, damit sie noch wuchtiger ins Auge fielen. Gleichgültig war dem dummen Weib Francescas Bestreben, ihre Rundungen möglichst zu verstecken, ja zusammenzuquetschen, und, so Gott wollte, verschwinden zu lassen.

Als die Saison der maßgeschneiderten Badekostüme zu Ende war, stellte sich die Frage einfach nicht mehr, ob sie ans Meer, ins Schwimmbad oder auch nur für ein Sonnenbad auf den Balkon gehen solle. Ihre empfindliche, milchweiße Haut, die das ganze Jahr unter viel Stoff verborgen ist, würde in der prallen Sonne bestimmt schrecklich verbrennen. Das fehlte gerade noch, daß ihre riesigen, blassen und weichen Monde gerötet und heiß wären und ständig mit einer öligen, stark riechenden Creme gegen Sonnenbrand eingeschmiert werden müßten. So wäre sie gezwungen, halb nackt zu bleiben und sich mit ihrer Üppigkeit selbst im Wege zu stehen. Das hätte ihr Unglück vollgemacht.

Heute abend ist Francesca müde, wie jemand, der zuviel geweint und sich zu lange über etwas gegrämt oder zuviel gegessen hat und kein Wort mehr vom Essen hören will. Heute abend denkt sie nicht an ihre Unförmigkeit, ihr fehlt die Kraft, sich erneut zu peinigen, zu verachten und zu quälen. Heute abend, das ahnt sie, wird sie ihre Figur nicht verhöhnen und die winzigen Träger-BHs aus Spitzen und Tüll über die Brustwarzen stülpen; auch wird sie keine Unterröcke, Blusen, keine engen Pullis und ausgeschnittenen Kleider anziehen, um sich noch einmal – ihr ganzes Sinnen und Trachten – grauenhaft lächerlich zu finden. Sie wird sich nicht vor den Spiegel stellen, um sich mit dem Anblick ihres widerwärtigen Vorbaus aus allernächster Nähe zu demütigen.

Francesca sitzt da und betrachtet sich, ohne sich wirklich zu erkennen. Sie sieht und berührt ihren großen Busen, aber zum ersten Mal tut sie das mit Gleichgültigkeit; empfindungslos und distanziert fährt sie Linien und Grenzen nach und testet hier und da seine Festigkeit. Sie hat beinahe das Gefühl, daß es nicht ihr Fleisch ist, sondern das einer anderen, zufällig anwesenden Person, das da auf ihren Knien liegt. Es ist ein seltsames Gefühl, da sie doch gut zwanzig ihrer fünfunddreißig Jahre damit zugebracht hat, morgens und abends, Tag und Nacht über ihre riesigen Euter zu grübeln: Ihnen galt am Morgen der erste Gedanke und vor dem Einschlafen der letzte; sie waren Obsession und Alptraum, und es gab kein Entrinnen. Heute abend hat sie das Gefühl, als sei ihr eine Pause vergönnt, als sei ihre Strafe zeitweilig ausgesetzt.

Sie erwartet Gianluigi, doch das kann nicht der Grund ihrer Erleichterung sein. Unvermeidlich wird sie ihn eines schönen Tages wegschicken, wie sie es mit den anderen auch gemacht hat. Gianluigi ist nichts Besseres, auch er ist einer jener unverständlich fanatischen Spezialisten.

Angenehm betäubt bereitet Francesca sich ein Bad vor, das nicht so sehr der Reinigung als der Tröstung dienen soll. Wenn das Gefühl ihrer Titten für sie unerträglich wurde, empfand sie ein Bad immer schon als Tröstung: Sie fühlt sich leichter in der Wanne, ihre

Brüste treiben auf der Wasseroberfläche und bekommen annehmbarere Umrisse, sind keine aus der Form geratenen Torpedos, sondern eindrucksvoll große und schöne Kugeln. Auch wenn bald der übliche Horror, diese Dinger auf dem Wasser schwimmend ganz nah vor sich zu sehen, viel zu nah, ein verhaßtes Vis-à-vis, über das kurzzeitige Gefühl des Leichtseins siegt.

Heute abend jedoch verspürt Francesca nur Leichtigkeit und betrachtet die vollkommen runde Form ihrer Brüste. Sie steigt aus dem Wasser, trocknet sich in Ruhe Stück für Stück ab, betrachtet sich weiterhin leicht benommen und ohne den üblichen Haß im Spiegel. Ihr Busen ist noch immer da, noch immer übergroß genau wie vor ein paar Stunden. Jetzt aber widert er sie weniger an, als gehöre er nicht unbedingt zu ihr. Da wagt Francesca etwas, wozu ihr immer der Mut gefehlt hatte: Sie kramt eine dieser teuren Feuchtigkeitscremes heraus, die in ihrer Vorstellung den Illustriertenschönheiten mit der vollkommenen Figur vorbehalten sind, und beginnt, erst hastig, aus Angst, der Waffenstillstand könne unerwartet zu Ende sein, dann langsamer und sorgfältig, ja systematisch und mit Methode, mit echtem Vergnügen beinahe, sich einzucremen. Die Füße, die Beine, die Oberschenkel, den Hintern, den Rücken, die Arme, die Hände, zum Schluß die Brüste. Lange und ausgiebig trägt sie die Creme auf, und die seit

Jahren trockene Haut nimmt sie durstig auf und verwandelt und glättet sich unter ihren Händen. Viel Creme ist erforderlich, denn die Oberfläche ist groß. Gewissenhaft setzt Francesca ihr Werk fort.

Splitternackt und weich, wie sie sich jetzt anfühlt, macht sie es sich im Wohnzimmer bequem und wartet auf Gianluigi. Die Fenster stehen offen, die Lichter brennen, und es ist ihr völlig gleichgültig, ja vielleicht ist sie eher erfreut, daß die Nachbarn sie sehen können, wenn sie wollen: sie. Ein müder Buddha, mit leicht nach hinten geneigtem Kopf, schlaff auf den Lehnen aufliegenden Armen, die breiten Schenkel, die in der entspannten Haltung nicht mehr zusammengepreßt sind. Francesca wartet und ist schon bei der zweiten Flasche Wein.

Emanuela

Emanuela ist dreiunddreißig Jahre alt und wird nicht mehr heiraten, so denkt sie. Diese Vorstellung bereitet ihr keinen übergroßen Kummer, zumindest läßt sie das nicht zu. Nur an bestimmten Abenden, an manchen Sonntagen oder bei Familienfeiern fühlt sie sich nicht mehr wohl in ihrer Haut, und die Einsamkeit, besser gesagt, ihr Familienstand, lastet schwer auf ihr. Und auch in den schlaflosen Nächten, die sie in der letzten Zeit immer häufiger erlebt. Tagsüber, wenn sie gut geschlafen hat, ist alles in Ordnung, wenn sich auch irgendwo in ihrem Innern eine leise Niedergeschlagenheit eingenistet hat. Sie ist aktiv, geht aus, arbeitet, trifft Freunde und trägt dabei stets das Mal eines unauffälligen, aber endgültigen Andersseins, wie eine Beklemmung, die manchmal stärker wird.

In der Vergangenheit, so bis dreißig, als ihr diese Art von Träumerei noch nicht lächerlich vorkam, verbrachte sie ganz ungeniert viel Zeit damit, sich den richtigen Ehemann, Lebensgefährten, Freund und Liebhaber vorzustellen, wie er ihr von Eltern und Verwandten, mehr aber noch von den Frauenzeitschriften empfohlen wurde, die sie seit Jahren schon haufenweise las. Und die sie trotz allem heute noch Woche um Woche liest, in erster Linie um herauszufinden, warum die Sache nicht so läuft, wie sie ihrer Meinung nach laufen sollte.

Mit dieser Resignation, fest verankert im Herzen, verschlingt sie einfach so aus Neugier Zeitungsrubriken aus der Feder von Psychologen, Sexualwissenschaftlern, Geistlichen oder Psychoanalytikern: Sie will wissen, wie dieses Übel heißt, das sie befallen hat. Wort für Wort saugt sie die Zuschriften der Leserinnen und Leser in sich auf, unermüdlich auf der Suche nach einem ähnlichen Fall wie ihrem, auf den es eine Antwort gibt, die auch für sie Gültigkeit hat. Dann geht sie zum Teil »Schönheits- und Gesundheitspflege« über; wo sie lernt, wie sie sich zu pflegen, einzucremen und zu schminken hat, um in erster Linie sich selbst zu gefallen – wie es raffiniert in den Bildunterschriften heißt. Emanuela und mit ihr die Verfasserinnen und Verfasser dieser Texte wissen jedoch, daß das eigentliche Ziel ist, einem Mann zu gefallen.

Schließlich ist sie beim Modeteil angelangt, und das sind ihre Seiten. Sie ist eine aufmerksame und getreue Anhängerin dieses Teils. Ob das Modell im Reiterdreß gegen ein Gatter gelehnt steht oder in Slip und BH in einer irrealen Küche eine Tasse Tee in der Hand hält, stets sieht Emanuela sich an seiner Stelle.

Wüßte man in den Redaktionen der Zeitschriften, mit welcher Hingabe Emanuela liest, bekäme sie jede Nummer gratis zugeschickt: Emanuela ist die ideale Leserin, der Traum eines jeden Verlegers, und verdient größte Aufmerksamkeit. Die Kleider auf den Fotos fühlt sie auf der eigenen Haut. Sie schlüpft in die Rolle des Mannequins, das, nur mit BH und Spitzenslip bekleidet, in der Küche Tee trinkt oder, rittlings zum Galopp bereit, auf einem Holzzaun sitzt. Selbstverständlich ist sie weder in der Küche noch auf der Reitbahn allein, wie die Aufnahmen klar zu verstehen geben: Ob in ihrer Nähe oder im Hintergrund – stets ist ein Mann, der richtige natürlich, zugegen. Zusammen mit dem perfekt passenden Kleid stellt sich Emanuela den perfekt zu ihr passenden Mann, Gatten oder Verlobten vor, der ganz bestimmt, selbst wenn er nicht auf dem Foto zu sehen ist, präsent ist und sie anschaut. Warum würden die Schönen sonst so verführerisch lächeln und sich mit solch ausgesuchter Sorgfalt kleiden? Warum sonst würden sie mit jenen winzigen und durchsichtigen Spitzendessous in der Küche stehen, wenn nicht für einen, der ihnen Blicke des Begehrens und der Bewunderung zuwirft?

Um die Wahrheit zu sagen, bleibt das wirkliche Selbst dieses Mannes sehr verschwommen. Sein Gesicht und auch den Körperbau kann sie sehen: Seine Haut ist gebräunt, er hat blaue Augen, braune Haare und wundervolle, muskulöse Gliedmaßen. Seine Statur ist beeindruckend, er strahlt Selbstsicherheit aus, ohne aufdringlich oder arrogant zu wirken. Dieser Mann ähnelt den Beaus aus der Werbung. Seine Hände sind gepflegt, und er trägt faltenfrei gebügelte, neue Kleidung. Über seinen Charakter jedoch weiß sie recht wenig. Ist er ein heiterer, trauriger, melancholischer, geduldiger, intelligenter, egoistischer, kleinlicher, eifersüchtiger, großzügiger, ehrlicher, verschwenderischer, zärtlicher, steifer, introvertierter Typ oder gar ein Schwätzer?

Emanuela hat in dieser Hinsicht nicht die leiseste Ahnung, auch wenn sie immer wieder versucht, das Idealbild zu kreieren. Konzentriert sie sich auf einen Aspekt, entgeht ihr alles andere. Keiner der zahlreichen Männer, die sie für einige Stunden, Tage oder Monate gehabt hat, erscheint ihr würdig, seinen Charakter oder seine Persönlichkeit dem imaginären Mann zu verleihen, den sie sich an ihrer Seite erträumt. Der eine oder andere Schauspieler, ein bestimmter Sänger oder Sportler, der bekannte Industrielle passieren in ihrem Geist Revue, aber enttäuscht verwirft sie auch diese Herren wieder. Sie sind beinahe zu menschlich und haben Schwächen, die sogar auf den Fotos zu erkennen sind. Man stelle sie sich bloß im wirklichen Leben vor. Deshalb hält sie sich lieber an die tadellos auftretenden Herren aus der Werbung für Whisky, After-shave, schnelle Wagen und Duftwasser. So wirkungsvoll, so in Gedanken verloren, wie sie sind, müssen sie einfach ein Herz für Emanuela haben.

Emanuela freut sich auf den Tag, an dem die neuen Ausgaben bei ihrem Zeitschriftenhändler eintreffen. Das ist der Tag, an dem sie Träume gleich seitenweise mit nach Hause nehmen kann. Das bedeutet glückselige Unterbrechung, und für eine Weile kann sie vergessen, wer sie ist und was ihr fehlt, und auch die leichte oder schwere Last auf dem Seelengrund scheint verschwunden. Das reicht ihr jeweils für ein oder zwei Stunden, multipliziert mit drei oder vier, je nachdem, wie viele Hefte sie gekauft hat. Traurig taucht sie am Ende aus ihrer Lektüre auf, weil der Traum oder, anders gesagt, die Unterbrechung der Realität schon wieder zu Ende ist. Dennoch hat sie etwas Kraft geschöpft und neue Ratschläge und Ideen bezüglich ihres partnerlosen Daseins gesammelt. Die Magazine sprechen von »Single«, und wenn dieser Begriff einst ihre Situation für sie annehmbarer machte, klingt er heute in ihren Ohren eher affektiert und zynisch.

Noch immer, aber längst nicht mehr so sehr, trägt die Leserpost zu Herzensfragen zu ihrer Aufmunterung bei. Selbstverständlich wird dort allen gesagt, daß sie nicht allein bleiben werden und daß jede Frau früher oder später, sofern sie nur Geduld hat, ihren Partner finden wird. Schlimmstenfalls sei es ratsam, um dem Schicksal etwas nachzuhelfen, sich in einen Club einzuschreiben oder einem Hobby nachzugehen, das auf jeden Fall recht männlich sein muß. Den eifrigsten unter ihnen wird nahegelegt, bei Solidaritätsgruppen mitzumachen, in deren Reihen angeblich viele aufopfernde Männer zu finden sind. Emanuela möchte schon glauben, daß dieser Weg erfolgversprechend ist; vorerst aber hat sie keine Lust, weil der Kontakt mit Behinderten, Waisenkindern, Alten und Kranken sie nur noch trüber stimmen würde. Die Anwendung dieses Wunderheilmittels verschiebt sie auf später, wenn die Verzweiflung wirklich schwarz wie die Nacht geworden ist. Es ist das Sicherheitsventil für den Tag, an dem sich jene undefinierbare Last in ihrem Innern zu einem Mahlstein verwandelt haben wird. Auch die Clubs, die Hobbys und Vereinigungen will sie sich für die verlängerte Spielzeit vorbehalten, wenn sie vierzig ist, nicht mehr so gut aussieht und die ersten Falten und die ersten grauen Haare zu sehen sind. Das soll das Alarmsignal sein, hat sie beschlossen. Vorerst würde sie einen Ehemann gern mit Hilfe des Schicksals auf normalem Weg suchen – einen Mann, den sie auf der Straße, am Arbeitsplatz, in der Kneipe oder bei Freunden kennenlernt.

In der Zwischenzeit sucht sie mehr aus Gewohnheit als aus echter Überzeugung Zuflucht bei der frohen Botschaft, die ihr die Illustrierten Woche um

Woche bescheren; sie sind für sie wahre Freundinnen und Beraterinnen und entlassen sie nie ohne aufmunternde und liebevolle Ratschläge. Emanuela versäumt auch nicht, mit besonderem Interesse die Kommentare und Hinweise in Sachen Sex zu verfolgen. Sie liest, was normal, gestattet, ratsam ist und was nicht. Im Laufe der Jahre, das stimmt, kam es hin und wieder vor, daß sie sich vor den Kopf gestoßen fühlte, weil die Kriterien von einer Zeitschrift zur anderen unterschiedlich sind und sich im Laufe der Zeit geändert haben. Und wenn Sich-einem-Mann-ganz-Hingeben einst von den Damen, die sich der ratsuchenden Leserinnen annahmen, nur ungern gesehen wurde, scheint heutzutage das genaue Gegenteil angesagt. Längst ist es gang und gäbe, seine Gunst großzügig an den Mann zu bringen, was wäre das sonst für eine Liebe?

Emanuela hat längst alle Wege ausprobiert. Sie hat gleich am ersten Abend Liebe gemacht oder sie hat ein, zwei oder drei Wochen verstreichen lassen, bevor sie es zu Intimitäten kommen ließ, nach denen kein Rückzug mehr möglich ist. Sie hat sich dem einen und dem anderen vollkommen und bedenkenlos hingegeben wie eine Stoffpuppe, die man hin und her drehen kann. Oder sie hat sorgfältig Küsse und Umarmungen abgewogen, um das Tempo zu verlangsamen. Oder sie ist forsch vorgegangen und hat zu verstehen gegeben, längst über alles Bescheid zu wissen. Dann wieder war sie das schüchterne und zurückhaltende Schulmädchen, das ewig und drei Tage seine ersten Erfahrungen sammelt. Bei jedem ihrer potentiellen neuen Verehrer hat sie versucht herauszufinden, welche Gesten, Vorgehensweisen und Einstellungen die richtigen wären, um ja nichts falsch zu machen, um seinen Erwartungen zu entsprechen oder auch, um ihn ein wenig in Erstaunen zu versetzen... nur so viel, um ein wenig aufregend zu wirken. Immer jedoch hat sie versucht, die Empfehlungen aus den Ratgeberrubriken im Kopf zu haben, oder zumindest das, was die zuletzt gelesene Passage zum Thema meinte. Und ständig fragte sie sich, ob sie etwas falsch machte oder auf dem richtigen Weg war.

Aber das hat bislang nicht viel gebracht. Nach einer Weile, nach ein paar Wochen oder Monaten, haben alle Männer das Weite gesucht. Nur einer ist länger geblieben, beinahe ein Jahr. Aber im Grunde war sie nie besonders angetan von ihm und deshalb nicht allzu traurig, als er ging. Nur wäre es an ihr gewesen, diesen kahlköpfigen Geizhals schon nach kurzer Zeit wegzuschicken, anstatt ihm diesen Schritt zu überlassen. Das raten zumindest die Zeitschriften: Eine Geschichte sollte nicht in die Länge gezogen werden, besser ist es, die Initiative zu ergreifen und Schluß zu machen, ehe nur noch Bitterkeiten an der Tagesordnung sind. Allen Regeln zum Trotz war er es, der genau das getan und sich obendrein auch noch die Freiheit genommen hat, sich in eine andere zu verlieben, die seine Liebe erwiderte – er, dieser schmierige Typ, der immer auf irgendeinen komischen Deal aus war, um Profit daraus zu schlagen.

In all diesen Jahren war es völlig nutzlos, sich großzügig zu zeigen, aber auch die Zurückhaltung hat keinen Erfolg gebracht. Im Höchstfall ist es ihr gelungen, bei dem einen oder anderen die Zeit des Umwerbens etwas zu verlängern. Da aber Zurückhaltung obendrein ziemlich mühsam, ja beinahe widernatürlich ist, hat Emanuela Stück für Stück darauf verzichtet. Sie ist ihrem Ziel kein bißchen näher gekommen und hält es für sinnlos, für nichts und wieder nichts Opfer zu bringen. Außerdem heißt es – das sagen auch die Illustrierten –, es sei ganz normal, wenn eine Frau von dreiunddreißig ihre Erfahrungen mache und ihre Bedürfnisse habe. Es sei völlig fehl am Platze zu versuchen, wie eine Anfängerin zu wirken.

Wenn sie einen kennenlernt, der ihr einigermaßen gefällt, zögert sie also nicht, mit ihm ins Bett zu gehen, meist nach ein paar Stunden, im äußersten Fall nach ein oder zwei Tagen der Bekanntschaft. Sie erinnert sich nicht einmal mehr, wie viele es im vergangenen Jahr waren. Fünfzehn? Zwanzig? Vielleicht waren es weniger, wahrscheinlich aber mehr. Da waren Paolo und dann Maurizio und Francesco, aber auch Sergio und Filippo, Alberto, Fabrizio und zwei Roberto. »Ich bitte um Verzeihung für alle die, die ich ausgelassen habe«, kommt es ihr aus alten Stoßgebeten im Beichtstuhl in den Sinn. Von einigen weiß sie nicht mal mehr den Namen. Gesichter, Gesten, einige Worte, ein stechender Geruch, ein Gefühl von Unbehagen. Einer, der sich im Ton vergreift und sie »Zuckerpuppe« oder, schlimmer noch, »Hure« nennt. Einer, der nach einer traumhaften Nacht verschwindet und ihr eine falsche Telefonnummer hinterläßt. Einer, der ihr eingangs verkündet: »Ich will ein Kind von dir«, sie aber schon nach drei Tagen schlägt. Einer, der ihr das nagelneue Kleid zerreißt – was soll's wegen des Kleids, wenn die Leidenschaft so glühend ist –, aber in drei Minuten schon fertig ist und ruck, zuck auch schon schläft, obwohl es das erste Mal mit ihr war. Dennoch setzt Emanuela ihre Suche unermüdlich fort.

»Ob es die anderen Frauen auch so machen?« fragt sie sich nachdenklich. Sie glaubt und hofft, daß es so ist, aber wer weiß das schon, und sie hütet sich, Fragen in der Runde zu stellen, da sie keinerlei Absicht hat, etwas über sich zu verraten. Ganz schwach verspürt sie etwas, was einem schlechten Gewissen ähnelt und sie davon abhält, stolz auf ihre Gepflogenheiten in Sachen Liebe zu sein. Wahrscheinlich hängt es damit zusammen, daß ihr dieser Lebensstil weiterhin nichts einbringt, sie jedoch mit einer gewissen Scham wegen der kurzfristigen, dummen Illusion erfüllt, die sie bei jedem Mann und trotz allem stets von neuem nährt.

Manchmal weiß sie natürlich, noch bevor die Sache anfängt, daß das wieder nicht der Richtige, sondern der völlig Falsche ist, der vielleicht sogar lästig werden kann; es wäre weitaus besser, ihn in Sekundenschnelle abblitzen zu lassen, sich allein und sicher in ihrem Bett wiederzufinden und zum Einschlafen eine ihrer Illustrierten durchzublättern. Aber schon ist sie beim Vorspiel zu weit gegangen, und ein Rückzug kommt nicht mehr in Frage; es wäre sehr anstrengend, einen kühlen Kopf sowie die im Zimmer verstreuten Klamotten wiederzufinden. Viel einfacher ist es, auf dem eingeschlagenen Weg weiterzumachen und rasch ans Ende zu kommen – hoffentlich ohne allzu große Ablenkung.

Warum macht sie das bloß, wenn sie doch genau weiß, daß es vergeudete – und nicht immer auf angenehme Weise vergeudete – Zeit ist? Vielleicht, weil sie nicht nein sagen kann, wenn einer sie bedrängt. Wenn die Typen so scharf auf sie sind, kann sie ja nicht ganz übel sein. Oder vielleicht, weil sie unwiderstehlich von den erotischen Handlungen angezogen ist? Für Emanuela ist es eine Art Ritual, da sie zumindest in der Vorstellung fähig ist, eine Sympathie, ein momentanes Interesse oder auch nur ein flüchtiges, halbstündiges Verlangen in eine große

Leidenschaft zu verwandeln. Außerdem sind noch Überbleibsel aus ihrer Kinderstube vorhanden, als sie regelmäßig aufessen mußte, was auf den Teller kam. Ob sie sich deshalb heute gezwungen sieht, den Sachen auf den Grund zu gehen, nicht auf halbem Weg stehen zu bleiben, auch wenn es sie einen gewissen Preis kostet?

Die Magazine sind für sie derzeit keine große Hilfe. Nur von sehr wenigen Fällen, die ihrem ähneln, ist darin zu lesen; das bereitet ihr größeres Unbehagen, als wenn beispielsweise die Mutter ihren lockeren Lebenswandel aufdecken würde. Die modernen, aktuellen, vorurteilsfreien und intelligenten Zeitschriften sind für sie Gesetz, nicht ihre altmodische, verkalkte Mutter mit ihrem Wahn von wegen guten Manieren, Zurückhaltung und Heuchelei. Die Ratgeberinnen auf Papier waren ausschlaggebend für ihr Denken, da sie ihr im Laufe der Jahre von allem etwas beigebracht haben. Beispielsweise unterscheiden zu können zwischen einem verliebten Mann und einem, der nur sobald wie möglich mit ihr ins Bett gehen will, zwischen einer wahren und einer falschen, verlogenen Freundin, zwischen einer echten Leidenschaft und einem vorübergehenden Verknalltsein – oder gegebenenfalls zwischen gewöhnlichem Bauchweh und einem Tumor.

Zu ihrer größten Genugtuung decken sich laut den einschlägigen Seiten die Präferenzen einer Frau ihres Alters in sexueller Hinsicht vollständig mit ihren eigenen; zweimal oder dreimal pro Woche. Mit demselben Partner. Aber in jenen Artikeln ist damit eindeutig ein Ehemann oder ein Verlobter gemeint, und zu dem hat es Emanuela beim besten Willen noch nicht gebracht. Die Frauen ihres Alters, die zum Leserkreis dieser Zeitungen gehören, sind größtenteils verheiratet und haben Kinder, oder sie sind zumindest in festen Händen. Emanuela gehört zu den Ausnahmefällen, und denen wird gelegentlich Rat und Trost gespendet. Aber Emanuela will keine Ausnahme sein.

Sie hat deshalb daran gedacht, andere Zeitschriften zu kaufen, die eine etwas freizügigere, eindeutigere Sprache sprechen, weniger Psychologen und mehr Sexologen zu Wort kommen lassen. Tatsächlich hat sie darin Geschichten gefunden, die der ihren gleichen: einen Mann nach dem anderen, und mit demselben höchstens dreimal oder viermal. Nur scheint der Stil anders. Jene Frauen, die da von sich erzählen, wirken glücklich, wie sie sich genießerisch in ihre Sexmarathons stürzen, sie haben ihre Freude am raschen Partnerwechsel, von dem sie in der Öffentlichkeit aus der perversen Lust heraus erzählen, sich und andere in Erregung versetzen. Die gehören offensichtlich nicht zu der Kategorie, die sich mit einem x-beliebigen einlassen in Erwartung, daß endlich der Richtige kommt.

Emanuela weiß sehr wohl – das haben ihr die Zeitschriften erklärt –, daß sie unter keinen Umständen den Eindruck vermitteln darf, als suche sie oder liege auf der Lauer, weil die Jagd dann ergebnislos verläuft. Sie bemüht sich also, nicht an ihre Ziele zu denken und sich und den anderen Lässigkeit vorzuspielen. Insgeheim aber weiß sie zu gut, daß sie unaufhörlich wartet, wenn sie es auch auf alle erdenkliche Weise verbirgt und mit Gleichgültigkeit überspielt. Aber auch wenn sie tat, als sei nichts, und ihr Verlangen, endlich einen Mann zu finden, tarnte, ließ die ins Visier genommene Beute sich nicht hinters Licht führen, wurde nicht zutraulicher, um dann unversehens in ihren Fängen zu landen.

Obwohl die Tatsache, weiterhin wie ein Topf ohne Deckel zu sein, sie mehr des äußeren, ungewollten Eindrucks wegen quält, nicht so sehr aus einem echten inneren Unbehagen heraus, hat sie beschlossen, die letzte Karte auszuspielen. In ihrer Vorstellung ist es die, auf die nur noch der Eintritt in einen Sportverein, einen Club einsamer Herzen oder einen Verband freiwilliger Helfer folgen kann.

Um dem Schicksal den Lebensgefährten abzuzwingen, den Mann, der nicht nur für eine Nacht, sondern ernsthaft und für lange an ihrer Seite weilt, um das Bild abzurunden und all jenen Vorstellungen im Geist einen Sinn zu geben, in denen Emanuela sich ewig solo sieht, hat sie beschlossen, sich in eines jener heroischen Wesen aus Papier wie aus den Illustrierten zu verwandeln, die nie allein sind, auch wenn es vorübergehend den Anschein haben mag: ihr Gesichtsausdruck, ihre Körperhaltung, der Stil ihrer Kleider, ihre glänzenden, duftig frisierten Haare, die fest an ihren Fingern sitzenden Ringe sind ohne den geringsten Zweifel die Garantie, daß sie einen Partner haben. Man spürt, man sieht, man begreift, daß da einer ein Stück weit entfernt auf sie wartet, vielleicht steht er neben dem Fotografen oder sitzt ein Weilchen im Zimmer nebenan oder auch weiter weg, in irgendeinem eleganten Studio, von dem aus er sie selbstverständlich anruft, um nur mal so guten Tag zu sagen, zu fragen, wie's ihr geht, sich mit ihr zum Lunch oder zum Abendessen zu verabreden, etwas Gemeinsames für das Wochenende zu planen. Im übrigen: Sind im Teil »Aus aller Welt« nicht oft genau diese Models in Begleitung ihrer Verlobten oder Ehemänner – berühmte Sänger, Starschauspieler, solide und steinreiche Industrielle – abgebildet?

Seit ein paar Wochen macht Emanuela eine Diät. Dick war sie noch nie, und noch heute wiederholt ihre Mutter jedesmal, wenn sie sie besucht, daß sie zu mager sei und an ihre Gesundheit denken müsse, und Bohnenstangen kämen bei Männern nicht an. Da es sehr mühsam ist, noch mehr Gewicht zu verlieren, wenn man sowieso schon mager ist, nimmt

Manuela nur jeweils drei gekochte Eier und Bananen pro Tag zu sich, um unter der Sechshundertkalorienengrenze zu bleiben. Aber sie tut es hingebungsvoll, beinahe mit heiterem Gemüt, als lodere eine ewige Flamme in ihr, weil sie dieses Opfer mit Blick auf etwas Konkretes bringt.

Seit langem war sie nicht mehr so gut gelaunt, alle haben das bei der Arbeit und außerhalb gemerkt. Gewiß sehen sie, daß sie außergewöhnlich mager ist, und weisen sie darauf hin. Sie aber antwortet, daß sie nicht wisse, woher das komme, daß sie sich topfit fühle. Sie hat eine neue Frisur, die so wirkt, als stünde sie ständig inmitten eines Windwirbels, wie es gewöhnlich nur auf den Fotos in den Zeitschriften zu sehen ist. Die Fingernägel, die sie bislang zweckmäßig kurz getragen hatte, sind jetzt lang und rot lackiert und scheinen immer frisch manikürt. Ihr Make-up, das sich zuvor auf ein bißchen Wimperntusche beschränkte, ist jetzt etwas ganz Anspruchsvolles mit Schatten um die Augen, Rouge auf den Wangen, was aussieht, als wäre sie plötzlich wegen einer heftigen Gefühlsaufwallung oder infolge eines langen, anstrengenden Spurts errötet.

Für neue Garderobe hat sie auch schon gesorgt, und der Kleiderschrank ist fast voll. Da finden sich höchst orginelle Kostüme, Kleider in verschiedenen Schnitten und Farben, Hosen in verschiedenen Längen, kurze, lange und ganz kurze Röcke, durchsichtige Blusen, Schals, Handschuhe, Strümpfe, Sonnenbrillen, Handtaschen und Schuhe jeder Art. Es ist eine vollständige Aussteuer, könnte man sagen, im großen und ganzen ziemlich ausgefallen und kaum außerhalb der Phantasiewelten zu tragen, denn Emanuela ist normalerweise nicht zu so vielen Abendessen, Parties, Hochzeitsfesten, Kommunionen und Firmungen geladen.

Beinahe jeden Abend probiert sie ihre neuen Kleider an und betrachtet sich eingehend im Spiegel. Das ist die ewige Vorbereitung auf den großen Tag, der doch früher oder später kommen muß. Sie schlüpft in die passenden Schuhe, legt die passenden Schals, Handschuhe, Strümpfe an, wählt die passende Handtasche und Sonnenbrille. Die Posen kennt sie schon – wie sollte sie auch nicht nach so vielen Jahren eifrigen Studiums ihrer Hefte? – und dreht sich hin und her, geht in der Wohnung auf und ab und ist schon nicht mehr dieselbe, sondern ähnelt wirklich einem jener Fotomodelle, denen das Glück hold ist. Sie gefällt sich, sie ist zufrieden mit dem, was sie da im Spiegel sieht. Das geht bis spät in die Nacht hinein, aber sie wird ihrer nächtlichen Modeschauen nie müde. Sie freut sich vielmehr schon den ganzen Tag über darauf und legt im Geiste die Einzelheiten fest. Ungeduldig wartet sie, daß es Abend wird, wenn sie mit größter Sorgfalt versuchen wird, Szenen und Bewegungen nachzuahmen, die sie auf den Abbildungen gesehen hat. Manchmal kommt ihr das Bild vollkommen vor, das Kleid und die Accessoires sind tipptopp, das Lächeln ist hinreißend und vielversprechend, die Arme und Beine sind wie Flügel an ihrem Leib, die Augen sind lebhaft und legen Zeugnis ab von der Veränderung, die in ihr Leben eingetreten ist. Oder bald eintreten wird.

In Kürze, anders kann es einfach nicht kommen, wird sie wie eine in den Zeitschriften sein, und zwei Schritte von ihr entfernt, im Hintergrund, ein bißchen weiter weg, im anderen Zimmer, unten auf der Straße vor der Haustür, am Telefon seines eleganten Büros, wird ein Mann, der richtige, ihr Mann sein. Nicht einer für einen oder zwei Abende, keiner, der schon nach einer Woche auf lasch macht und ihrer überdrüssig ist, sondern jener, den es schon seit einem Jahr oder noch länger gibt, der sie anlächelt wie am ersten Tag, der sich um alles kümmert, der sie wie ein kostbares Juwel behandelt, der nach Rasierwasser und Tabak duftet und vielleicht jedesmal eine kleine Überraschung für sie in der Jackentasche hat, dazu liebevolle Worte auf den Lippen und einen warmen Samtblick.

Renata

Renata ist die Tochter von Amélie. Sie ist sechzehn Jahre alt, und bei ihr hat man den Eindruck, als sei dieses Alter schon an sich eine Krankheit. Man braucht nur in ihre schönen, nußbraunen scheuen Rehaugen zu blicken, um zu begreifen, daß der Mythos von der unbeschwerten, lebenslustigen Sechzehnjährigen zumindest in ihrem Fall reine Erfindung ist. Wo auch immer sie aufkreuzt, stets hat sie diesen melancholischen Blick, auch wenn sie lacht, wenn ein ganz leichter Hauch von Heiterkeit sie umspielt oder wenn sie etwas zu feiern hat. Wo auch immer sie geht und steht, zu jeder Tageszeit ist sie stets dieselbe. Außer im Kino.

Im Kino ist es, als falle eine matte Membran von ihren Augen, sie beginnen zu leuchten, sind hellwach, als stünden sie unter Hochspannung. Auch nachdem sie den Kinosaal verlassen hat, sind ihre Augen noch eine Weile so und bekommen erst nach und nach wieder ihren melancholischen Ausdruck. Erneut hat sie diesen gewohnten Blick, mit dem sie morgens aufsteht, zur Schule geht, nach Hause kommt, ißt, mit den Freundinnen ausgeht; lacht und sich ein wenig vergnügt, Sport treibt, die Schaufensterauslagen anschaut, Einkäufe macht und sich zu Bett legt. Stets ist es der Blick einer Person, die sich fremd vorkommt, sich unwohl in ihrer Haut fühlt, etwas verschreckt und resigniert ist.

Renata wäre gern anders, aber sie weiß nicht, wie, sie wäre gern an einem anderen Ort, aber sie weiß nicht, wo, sie hätte gern einen anderen Namen, ein anderes Leben, ein anderes Denken, aber sie weiß nicht, welches. Sie ist unglücklich, aber sie macht das mit sich aus. Die überaus liebevollen Eltern haben nichts mit diesem Unbehagen ihrer Tochter zu tun. Die einzige Schuld, die sie treffen könnte, ist die, das Unglück nicht zu erkennen, ihr nicht genügend in die Augen zu schauen: Vor ihnen aber wird sie wahrscheinlich die Lider senken, wohlwissend, daß sie sich sonst verraten würde. Und noch viel weniger, was aber normal ist, wagt sie, ihnen dieses beschämende Unglücklichsein anzuvertrauen. Eben weil sie sich schämt und die beiden nicht traurig stimmen will.

Gewiß, Renata ist sehr groß. Sie ist dünn und groß, und das schon seit Jahren, seit sie elf ist. Trotzdem hat sie sich noch lange nicht daran gewöhnt. Ihre oder der Mutter Freundinnen, die meist von kleiner Statur sind, sagen: »Ah, wie hast du's gut mit deinen langen Beinen! Weißt du nicht, wie hervorragend du in Hosen aussiehst, wie elegant du wirkst?

Mit deiner Figur könntest du gut Mannequin werden.« Aber sie wäre gern weniger groß. Klein und zierlich, so gefiele sie sich. Sie wäre gern eines jener Geschöpfe mit anmutigen Proportionen, bei denen einen die Lust überkommt, sie zu streicheln und zu beschützen. Aber wem käme je in den Sinn, eine zu beschützen, die einen Meter zweiundachtzig groß ist? Und dieses Gerede von wegen Model werden, klingt in ihren Ohren nur grausam: Woher sollte sie denn den Mut nehmen, auf einen Laufsteg zu steigen und vor Hunderten von Leuten zu defilieren?

Wenn sie im Klassenzimmer ist oder mit den Freudinnen über die Straße spaziert, wird ihr bewußt, daß sie wie die Lehrerin inmitten ihrer Schülerinnen wirkt. »Wir sind eben klein«, lachen die Mädchen, die Renatas Traurigkeit besser als die Eltern zu deuten verstehen. Sie jedoch denkt, daß die anderen normal sind; die anderen haben Glück, alle sind gleich klein, und nur sie sprengt den Rahmen, sie ist die Ausnahme, die das Maß auf so außergewöhnliche Weise überragt. »Wie glücklich können doch die sein, die zu dick oder zu mager sind«, sagt sie sich, »denn die können entweder ab- oder zunehmen. Was aber kann eine machen, die zu groß ist? Warten, daß die anderen wachsen und ihre Größe erreichen? Die einzige, die weiterhin wächst, bin ich bis jetzt.«

In der Tat hatte der Arzt, der sie als Zweijährige

gemessen hat, festgestellt, daß sie einen Meter und vierundachtzig groß werden würde. Früher, als sie noch nicht wußte, was das bedeutete, verkündete sie ihren Freundinnen voller Stolz diese Ziffer, jetzt aber schämt sie sich schon, die Übergröße ihres Körpers und ihrer Füße überhaupt auszusprechen, so wie andere es nicht fertigbringen, ihr Übergewicht anzugeben. Natürlich ist sie beim Korbball oder im Weit- oder Hochsprung die Beste der Schule und gewinnt bei jedem Wettbewerb Pokale und Medaillen. Haben sie ihr kurzzeitig oberflächlichen Trost gespendet, beginnt sie sie zu hassen und stopft die Siegestrophäen in die hinterste Ecke eines Schrankfachs, wo eine nach der anderen zu oxydieren beginnt. Abgesehen von der eine Minute anhaltenden Aufregung gelingt es ihr nicht, sich über ihre Siege zu freuen. »Ein Giraffensieg«, beschimpft sie sich insgeheim. Manchmal weint sie auch ein wenig. Nicht sehr, weil sie die Spuren kaum vor den anderen verbergen könnte; vor allem ihre Mutter würde sie sehen, die sie nicht aus den Augen verliert, sie beobachtet, über sie wacht und immer leicht in Besorgnis ist, auch wenn sie am Ende doch nichts sieht.

Renata hat längst begriffen, daß es keine Kleider gibt, die eine Figur optisch verkürzen könnten, wie es hingegen welche gibt, die sie länger, schmaler oder breiter wirken lassen. Kurze Röcke tragen, sagt man ihr, aber wo soll sie die eineinhalb Meter Beine verstecken, die sie ausfährt? Weite Hosen, rät man ihr, aber sie hat sich darin im Spiegel betrachtet und fand sich gar nicht schön, sie meinte, ihrem Vater zu ähneln, wenn er fürs Büro gekleidet ist. Sie hat verstanden, daß sie nur eins machen kann: vermeiden, noch größer zu wirken, indem sie Ballettschuhe mit hauchdünnen Sohlen trägt. Bei ihren Freundinnen, die Schuhgröße sechsunddreißig haben, sehen die sehr hübsch aus, aber in annähernd Größe zweiundvierzig sind sie einfach lächerlich. Die schönen hohen, gepolsterten Sportschuhe, in denen sich all ihre Altersgenossinnen bequem vorwärts bewegen, sind für sie tabu, denn sie würden sie um vier oder fünf Zentimeter größer machen. Durch das ständige Tragen von Ballettschuhen kriegt sie im Winter Frostbeulen an den Füßen.

Auch wenn sie während des ganzen Jahres Tanzschuhe trägt, ist es ausgeschlossen, daß Renata tanzen geht. Zum einen, weil es nur wenige Jungen in ihrem Alter gibt, die einen Meter zweiundachtzig groß sind; der eigentliche Grund ist aber in ihren schwerfälligen, wenig graziösen, endlos langen Gliedmaßen zu suchen – sie bewegt sich einfach nicht harmonisch und geschmeidig wie ihre Freundinnen. Sie stelzt einher wie ein Besenstil, so hat einer mal gesagt, der sie wahrscheinlich aus Mitleid bei der Hand genommen und auf die Tanzfläche geführt hatte. Auch wenn sie die ersten Schritte vorm Spiegel in ihrem Zimmer ausprobiert, hat sie den Eindruck, steif wie ein Stock zu sein.

Das Kreuz mit der Körpergröße schleppt sie überall und zu allen Tageszeiten mit sich herum, es lastet unerträglich schwer, wenn sie aufrecht stehen muß. In der Schule geht es so lange, wie sie ein wenig gebeugt in der hintersten Ecke des Klassenzimmers an ihrer Bank hockt – ihr Lebtag schon sitzt sie in der letzten Reihe –, wo keiner sie bemerkt. Wenn sie jedoch zum Abhören aufstehen muß und vielleicht sogar, wie einige Lehrer es verlangen, zum Pult vorgehen soll, dann schwindelt ihr. Sie weiß, daß alle sie von oben bis unten anstieren und sich jedesmal, auch wenn sie aus Mitleid mit ihr vielleicht nicht lachen, von neuem über ihre Statur wundern. Jeder Schritt ist eine Qual für Renata, die noch schlimmer wird, sobald sie das schutzbietende Areal der Schulbänke verläßt. Verloren steht sie zwischen Pult und Tafel da und kommt sich wie eine Säule vor, aber weder stark noch fest verankert, schon gar nicht selbstsicher, weiß sie doch, daß ein gestelltes Bein, ein bösartiges Wort, ein höhnischer Blick schon genügen, um sie fertigzumachen. Wie soll sie sich unter den gegebenen Umständen auf die Fragen des Lehrers konzentrieren und vor allem die richtigen Antworten geben können?

Aber es ist nicht nur ihre Größe. Da ist auch die Ahnung, daß die ihr gemachten Versprechen kaum einzulösen sind. Von der Mutter, aber auch vom Vater, von den Freundinnen der Mutter, den Großeltern und Tanten hat sie immer wieder zu hören gekriegt, daß, sobald sie erwachsen ist, alles leichter sein wird, jedes Ding besser läuft, ihrem Glück kein Hindernis mehr im Weg steht, sie schön, umworben, begehrt und geliebt sein wird. Wann wird das der Fall sein? »Ganz bald, du wirst es sehen, in ein paar Jahren, dann wirst du verstehen, daß die Ängste von heute sinnlos waren: Besorgnis, Niedergeschlagenheit und Befangenheit werden sich schlagartig auflösen.« Wenn sie wenigstens nicht »schon ganz bald«, »maximal in zwei Jahren« sagen würden, wäre Renata glücklicher, so gäbe es mehr Raum für Hoffnung. Aber innerhalb von zwei Jahren, da ist sie sich absolut sicher, kann nichts Weltbewegendes passieren, denn sie hat noch nicht die geringste Spur von Veränderung an sich entdecken können.

Auch für die Zeit später, sehr viel später, fehlt ihr der Mut, sich viel zu erwarten. Es bedürfte eines Wunders, denkt sie, aber an Wunder glaubt sie nicht, genausowenig, wie sie an die Worte der Mutter und die der Freundinnen glaubt. Die Mehrzahl von ihnen betrachtet sie mit einem gewissen kleinlauten Neid, vor allem diejenigen, die ihr lässig, brillant, selbstverständlich hübsch, sicher auftretend, munter plappernd und ein bißchen freizügig erscheinen, die deshalb umworben sind, viele Einladungen bekommen und geliebt werden. Sie schaut sie aus der Ferne an, so wie eine kranke Alte gesunde, ausgelassene Mädchen betrachtet; sie hat die schmerzliche Gewißheit, daß sie nie wie jene sein wird, egal, was die Mutter ihr auch nahelegt. Sie überhäuft die Tochter stets mit Lob, wohlwollenden Bemerkungen, Komplimenten und rosigen Vorhersagen für die Zukunft und merkt nicht, daß Renata ihr kein einziges Wort glaubt.

Bis vor zwei, drei Jahren ungefähr nahm sie diese Aufmunterungen noch für bare Münze und ließ sich willig mit Hoffnungen vollpumpen. Morgen, sagte sie sich dann, nächste Woche, in einem Monat, in einem halben Jahr, vielleicht in einem Jahr werde ich anders sein oder die anderen werden sich geändert haben. Aber sie brauchte nicht lange, bis sie die rosarote Brille von der Nase nahm, und vielleicht war es gerade jenes Übermaß an Komplimenten, Lobhudelei und wohlgefälligen Bemerkungen, was ihr im ersten Augenblick zu Kopf gestiegen war und ihr dann mit um so größerem Schmerz zu Bewußtsein brachte, daß es nur nette, von ihrer Mutter so dahingesagte Worte waren.

Es ist schrecklich, ganz ohne Hoffnung zu leben, aber noch schlimmer ist es, wie in ihrem Fall, mit einem unterirdischen Hoffnungsstrahl zu leben, der sich trotz aller Enttäuschungen immer wieder Bahn bricht. Renata hält stand und gibt sich wider alle bessere Vernunft nicht geschlagen. Nur zaghaft, aber immerhin, hofft sie, eines Tages ein Kleid zu tragen, das in den Augen aller das schönste ist; oder daß ihr Make-up oder ihre Frisur am meisten von allen bewundert werden oder daß eine besonders gute Note in der Schule sie aus der üblichen Mittelmäßigkeit herausreißt und sie für einige Stunden zur interessantesten Schülerin der Klasse werden läßt. Sie hofft auch brennend, daß an den Regentagen, wenn ihre Mutter unbedingt will, daß sie die Schuhe mit den dicken Sohlen anzieht, kein Lehrer sie abfragt und sie nicht gezwungen ist, noch höher als sonst zwischen den Bänken nach vorne zu gehen und dabei ihre ganze verhaßte Riesengestalt, vom Kopf in schwindelerregender Höhe bis hinunter zu den unförmigen Schuhen Größe zweiundvierzig, zur Schau zu stellen.

Und statt dessen – wie könnte es auch anders sein? – ist ihr Kleid nie das schönste, und sie kann schon von Glück sagen, wenn es nicht zu den lächerlichsten zählt; Make-up und Frisur gehören meistens zu denen unter ferner liefen; an gute Noten, mit denen sich bei den Mitschülern Aufmerksamkeit erregen ließe, kann sie sich im vergangenen Jahr nicht erinnern; und jedesmal, wenn sie die Regenschuhe anziehen muß, kann sie darauf warten, daß sie abgehört wird und gezwungen ist, der ganzen Klasse ihre übergroßen Bergtreter vorzuführen. Und doch keimt immer wieder eine schwache Hoffnung in ihr, vielleicht aufgrund der unermüdlichen Reden ihrer Mutter oder einfach nur, weil das mit sechzehn normal ist. Und so ist es unvermeidlich, daß sie immer wieder und regelmäßig einen kleinen Tod stirbt.

Dann ist da Renatas Schüchternheit, die sie zusätzlich lähmt. Sie stottert in Gegenwart von Unbekannten und bleibt stumm wie ein Fisch, wenn sie jemanden gern kennenlernen würde. Vergeblich drängt die Mutter und treibt sie an, versessen darauf, eine sechzehnjährige Tochter zu haben, die mehr oder weniger wie die anderen ist, vielleicht ein wenig schüchtern, aber genau richtig, und die, wenn's drauf ankommt, auch ausgelassen sein kann. Doch Renata schafft das nicht. Hin und wieder sagt ihr jemand, daß alle in ihrem Alter schüchtern sind und daß Klassenkameraden und -kameradinnen die gleichen Schwierigkeiten haben, aber ihr kommt das nicht so vor. Sie sieht es mit eigenen Augen, wie die miteinander reden, lachen, Witze reißen, sich endlose Geschichten erzählen, beneidenswert locker sind und viel weniger Schwierigkeiten haben als sie. Wenn sie das Wort an jemanden richten möchte oder sollte, der ihr nicht durch und durch vertraut ist, setzt ihre Gehirntätigkeit aus, eine unerklärliche Leere tut sich in ihr auf, die erst wieder verschwindet, wenn der Notfall überstanden ist. Es ist auch sinnlos, wenn sie versucht, sich auf eine Rede vorzubereiten, sich passende und wohlgewählte Worte zurechtzulegen: Sobald sie sie aus ihren Gehirnwindungen hervorziehen will, sind sie verschwunden, und die wenigen zurückgebliebenen Bruchstücke kommen ihr absurd und völlig unbrauchbar vor, da sie weder Hand noch Fuß haben.

Als genügte es nicht schon, daß sie in Gegenwart anderer stottert und von einem gefühlsgeladenen Schweigen gelähmt ist: Zu allem Überfluß laufen auch ihre Wangen aus völlig nichtigem Anlaß feuerrot an, wodurch sie noch mehr auffällt. Es könnte sie trösten, wenn jedermann ihr versichert, Erröten mache eine Sechzehnjährige unwiderstehlich (aber für wen?), wenn nicht auch ihre Hände rot anlaufen würden. Sie schwellen an und werden glühend heiß, und sie versucht, sie in den Taschen oder auf dem Rücken zu verstecken, doch manchmal kommt sie einfach nicht drum herum, sie vorzuzeigen – Hände wie ein Waschweib, wie eine Hinterwäldlerin, wie eine Landpomeranze –, und selbstverständlich hat sie das Gefühl, als fixierten sie alle mit mitleidigem Staunen.

Wenn sie jedoch einmal die eine oder andere ihrer Altersgenossinnen rot werden sieht – keine leidet so wie sie an diesem Übel mit den roten Händen. Die Mutter wurde erst vor kurzem auf dieses Problem aufmerksam und schickte Renata zum Arzt; der sprach von schlechter Verdauung, überlasteter Leber und verschrieb ihr eine Diät, Tabletten und eine

Creme. Wenn alles nicht die gewünschte Wirkung habe, solle sie die Arme in die Höhe strecken und mit den Händen flattern, damit das Blut ablaufe. Die Medikamente haben natürlich nichts gebracht. Was das Flattern mit erhobenen Händen angeht – wie soll sie das bloß inmitten der Leute machen? Ein paarmal ist Renata ins Badezimmer gerannt, um die vom Arzt empfohlenen Übungen zu machen, aber sie hat gemerkt, daß wenige Minuten später die Finger wie vorher waren: heiß und rot, oft auch feucht vom Schweiß.

Und dann ist da ihre Einsamkeit, die sie noch weniger ansprechen darf als das Thema Körpergröße, Schüchternheit und enttäuschte Hoffnungen, denn sie kennt die Reden der Erwachsenen in- und auswendig: Sechzehn sei noch nicht das Alter, um einen Freund, einen Mann an der Seite zu haben. Genauer gesagt, hat sie noch nie einen Jungen gehabt, und es gefiele ihr bestimmt, wenn der eine oder andere auf sie aufmerksam würde; doch wenn sie traurig ist, in Träumen und Hoffnungen schwelgt, hat sie einen Mann im Sinn, der mindestens zehn, auch fünfzehn Jahre älter ist. Ganz klar ist das Nichtvorhandensein einer solchen Figur in ihrem Leben der Grund für ihr Unglücklichsein. Einen Jungen könnte sie früher oder später vielleicht finden, aber es ist ausgeschlossen, daß ein erwachsener Mann sie – außer wegen ihrer Größe – wahrnimmt und sich für sie interessiert. Einmal abgesehen von den Schwierigkeiten, einen solchen kennenzulernen.

Von den jungen Burschen an der Schwelle zum Mannesalter hat sie keine gute Meinung. In ihren Augen sind sie doof, verlogen, sehen nicht einmal gut aus. Dennoch wäre es ein erster Schritt, wenn sie mit so einem eine Beziehung anknüpfen könnte, aber da diese sie übersehen, tut sie das gleiche mit ihnen. Oder vielleicht ist das nicht ganz richtig: Gelähmt vor Schüchternheit, befangen ob ihrer Körpergröße und des Rotanlaufens hat sie vergeblich – man weiß nicht, wie – versucht, und sie versucht es immer wieder, einen von den unzähligen jungen Männern zu erobern, die ihr über den Weg laufen. Da aber keiner jemals mehr als eine beiläufige Verwunderung wegen ihrer beeindruckenden Größe gezeigt hat, hatte sie das Gefühl und hat es nach wie vor, daß sie einen erwachsenen Mann braucht.

Einer, neben dem sie sich etwas kleiner, beschützt, geborgen und in Sicherheit fühlen kann, sich nicht lächerlich und verhöhnt vorkommt und sich nicht so sehr von ihren Freundinnen unterscheidet. Einer, der sie lenkt und ihr die Dinge beibringt, die man wissen muß, der ihr aber auch zuhört, nicht als sei sie ein kleines Mädchen, das Gedichte aufsagt, sondern eine Erwachsene, die ihre Gefühle und Probleme hat. Es muß einer sein, der schon sein Elternhaus verlassen hat, der nicht um Erlaubnis, Geld oder Rat bitten muß und sich nicht mit elendigen, mündlichen und schriftlichen Prüfungen herumzuschlagen hat und keine Angst hat, gescholten oder bestraft zu werden, wie Renata es bei den jungen Verehrern ihrer Freundinnen vermutet. Sie will einen Mann, der tun und lassen kann, was er will, und der in der Lage ist, auch ihr diese Freiheit zu verschaffen; einen, der so erwachsen und reif ist, daß ihre Mutter und ihr Vater nicht anders als ja sagen könnten, wenn er ihnen mitteilte: »Ich gehe mit Renata aus. Morgen früh begleite ich sie direkt in die Schule.« Direkt, ohne zum Schlafen nach Hause zu kommen.

Renata will einen erwachsenen Mann, mit dem sie wie eine erwachsene Frau Liebe machen kann, um sich so die unangenehmen Annäherungsversuche und linkischen Handgriffe zu ersparen, von denen die Freundinnen ihr erzählt haben; so vermiede sie auch die speicheltriefenden Küsse, mit denen eines Abends ein halb oder vielleicht ganz betrunkener Junge, den sie oberflächlich kannte, sie überfallen hat. Sie möchte einen Mann, der beinahe wie ein Ehemann ist, der sie vor den anderen aufwerten und sie in eine selbstsichere, geistreiche, charmante Person verwandeln würde, der ihre Körpergröße und ihre Schüchternheit liebte und sie zugleich verschwinden oder in Vergessenheit geraten ließe.

Aber Renata weiß, daß das ein Traum ist, dem sie seit ein paar Jahren vergeblich nachhängt. Männer dieser Art gibt es nicht und wenn, dann ist sie ihnen nicht begegnet. Sie wollen nicht von ihr geliebt werden und lieben sie ihrerseits nicht. Renata weiß um diese Dinge und kann sie nicht einmal ihren besten Freundinnen erzählen, die nur über sie lachen würden. Sie schämt sich, dieses unerträgliche Mißverhältnis anzusprechen, mit dem sie gestraft ist: Den ausgewachsenen Körper einer Frau voller Sehnsucht und Begehren zu haben, aber altersmäßig noch ein kleines Mädchen zu sein. Untröstlich schleppt sie ihre stille Trauer mit sich herum.

Renata wäre am liebsten anderswo. Dort, wo das Leben anders, einfacher und ihr angemessener ist. Aber wenn sie gefragt wird – es sind keine Personen aus Fleisch und Blut, die sie danach fragen, sondern die Geisterwesen in ihrer Phantasie, denen sie sich anvertraut –, wo sie denn gern wäre, weiß sie keine Antwort. Lieber auf dem Land als in der Stadt? Ja, vielleicht auf dem Land, aber auch gern in den Bergen oder am Meer, wo ewig Sommer ist. In einer anderen Familie? Ja, auch das, vielleicht mit vielen Geschwistern, die ihre Ängste mit ihr teilen. In einer anderen Stadt, in London, Paris, New York? Ja, vielleicht, dort könnte es gehen, weil das die Städte sind, in denen die Filme spielen, die ihr gefallen und die sie sich hingebungsvoll und begeistert jeden Tag ansieht, in Ausnahmefällen, wenn sie Schule schwänzt, auch zweimal am Tag. Das sind Filme, in denen sechzehnjährige Mädchen spielen, die anders, besser, entschlossener, sicherer, unabhängiger, glücklicher sind als sie, die Auto fahren, reisen und sich bewegen, als würden sie alle Straßen der Welt kennen. In diesen Filmen sind die Sechzehnjährigen erwachsen und leben wie Erwachsene, wohnen nicht mehr zu Hause, sondern zusammen mit ihren Verlobten, sie reden, diskutieren, lösen Probleme und machen Liebe ohne Furcht und mit der übermütigen Natürlichkeit erwachsener Frauen.

Eben, Renata wäre am liebsten in einem solchen Film: Er wäre ihr Zuhause, fern von dem Elend der Kleider, die sie noch länger wirken lassen, den Schuhen Größe zweiundvierzig, den roten Händen, dem vergeblichen Hoffen, die sie hier in ihrem realen Leben bedrücken. Und fernab von der grauenhaften Einsamkeit, die keiner wahrzunehmen scheint, an die keiner glauben will.

Margherita

Margherita kommt vom Land, und ihr Alter ist schwer zu bestimmen. »Mein Mädchen«, »unser Mädchen«, »das Mädchen der Kinder«, so wurde sie immer im Haushalt genannt, wo sie seit rund vierzig Jahren arbeitet. Im übrigen hat sie sich jenes Aussehen bewahrt, als hätte sie noch viel im Leben zu lernen. Sie hat diese etwas unterwürfige Haltung, als müsse sie ständig Rechenschaft ablegen, wenn auch jetzt vor der Signora und nicht mehr vor den Eltern. Wahrscheinlich wirkt sie aus diesem Grund mit über fünfzig wesentlich jünger, mehr wegen der Unreife, Naivität und Unschuld, die sie ausstrahlt, als wegen des tatsächlichen Aussehens. Es wird traurig sein, wenn sie eines Tages einem gealterten Mädchen gleicht. Das wird der Fall sein, wenn sie erkennt, daß ihre Zeit abgelaufen ist. Bis jetzt vermittelt sie nicht den Eindruck, als wüßte sie das. Sie wirkt wie jemand, der noch alles vom Leben zu erwarten hat.

Signora Clelia stellte sie ein, als sie knapp fünfzehn war. Vielleicht sollte man besser sagen, »sie nahm sie zu sich«, denn in den ersten drei Jahren bis zu ihrem achtzehnten Lebensjahr bekam sie kein richtiges Gehalt. »Au pair«, hatte die Signora das Arbeitsverhältnis bezeichnet, wofür wöchentlich eine Art Taschengeld vorgesehen war, das sie, um es einmal genau zu sagen, nicht immer regelmäßig für die »leichte Arbeit«, bei der sie aber fest zupacken mußte, bezahlt bekam. Margheritas Eltern waren dennoch froh für ihre Tochter, die keine Schönheit, sondern groß und kräftig war, stark schielte und sich auf keine anderen Arbeiten als auf die im Haushalt verstand.

Sie hatte gerade die Grundschule in einem winzigen Dorf im Bergland der Alta Brianza beendet, wo sie geboren und aufgewachsen war, und wo die Signora, vielmehr deren Eltern, ein Landhaus hatten. Sie und die Signora kannten sich sozusagen schon immer, wenn auch nur vom Sehen in der Kirche, auf der Piazza, beim Bäcker, und weil ihre Mama manchmal zum Saubermachen in die Villa gerufen wurde. Mit der Signora weggehen, ihr wenige Monate altes Mädchen hüten, das war deshalb nicht so, als ginge sie wirklich von zu Hause fort, denn sie konnte über die Leute, Dinge und Orte reden, die auch ihre Herrin kannte. Zudem hatte Margherita immer schon eine heitere, gutmütige, nachgiebige Natur und war immer bereit zu tun, was die anderen von ihr verlangten. Auch aus diesem Grund war die Signora darauf gekommen, die Tochter ihrer alten Putzfrau als Kindermädchen einzuspannen.

Margherita war eine zuverlässige Person, so als gehöre sie zur Familie. Und als solche hatten sie sie von Anfang an betrachtet. In der Tat war und ist sie zuverlässig und gehört auch zur Familie. Heimweh nach ihrer Mutter, dem Elternhaus, dem Garten und dem kleinen Bruder hatte sie natürlich. Kurz nach ihrem Auszug war der Vater gestorben. Um ihn konnte sie nur trauern, nicht aber Heimweh nach ihm haben. Als das Unglück passierte, wollte sie im ersten Augenblick nach Hause zurückkehren und im Dorf leben, sich gemeinsam mit ihren Lieben und inmitten der vertrauten Landschaft über den Schmerz hinwegtrösten. Doch natürlich war das nicht möglich, denn mehr als zuvor war die Familie nun auf das Geld angewiesen, das Margherita verdiente. Es muß gesagt werden, daß die Signora sich bei jener Gelegenheit ausgezeichnet verhielt: Sie ließ Margherita so viele Tage, wie sie wollte, zu Hause bleiben, bezahlte ihr dennoch den vollen Monat und zeigte bei ihrer Rückkehr nicht die geringste Ungeduld. Sie sagte ihr auch wohlgemeinte Worte.

So fand sich Margherita nach und nach mit ihrem Heimweh ab, indem sie es auf gewisse Weise verfeinerte und in ein maßvolles, liebliches, beinahe tröstliches Gefühl verwandelte. Es dient ihr dazu, sich klarzumachen, woher sie kam und wo sie eines Tages begraben sein würde, und um sich daran zu erinnern, daß sie anders war als die Signora und deren Familienangehörige, und es immer sein würde. Dieses Gefühl dauerte auch dann fort, als sie begriff, daß sie nicht mehr in ihr Heimatdorf zurückkehren würde, aber sie wollte es auch nicht mehr. Vor sechs Monaten ist die Mutter gestorben, und das Haus ist an den Bruder, den Elektriker, mitsamt Frau und drei Kindern gegangen. Ihr hat die Mutter nur das Meßbuch hinterlassen, alles andere – Kleider, Möbel und Schmuck – der Schwägerin. »Margherita braucht meine paar Sachen nicht, sie hat ja schon die Signora, die für sie sorgt.« Das war traurig für Margherita. Nicht daß sie etwas Bestimmtes gewollt hätte, aber nichts weiter zu besitzen als die Kleider, die Strümpfe, die Blusen und die Unterwäsche im Schrank und in den Schubladen, ein paar Bücher, ein paar Unterlagen, verschiedene kleine Geschenke, einige sogar aus Silber und Gold, alles von der Signora, gaben ihr das Gefühl, in der Luft zu hängen, verloren und namenlos zu sein. Doch das verging, und erneut war es für sie normal, so zu sein.

Mehrmals hat sie die Signora über sich sagen gehört: »Mädchen wie Margherita gibt es heute nicht mehr, wir haben Glück gehabt.« Anfangs freute sie sich über diese Worte, dann gefiel es ihr immer weniger, einer raren Spezies anzugehören, die einzige Überlebende einer ausgestorbenen Rasse zu sein, denn das vermittelte ihr ein heftiges Gefühl von Einsamkeit. Zum Glück hatte die Signora es ihr erspart, sie »meine Perle« zu nennen. Sie wollte keine Perle sein, die jemand gefunden hatte. Sich eine andere Arbeit zu suchen, daran hatte sie manchmal gedacht, den Gedanken aber nie in die Tat umgesetzt. Sie hat ja wirklich keinen Grund dafür: Sie fühlt sich wohl, da, wo sie ist, und kennt die Signora nun schon lange. Es wäre sinnlos, es mit einer anderen, vielleicht weniger vornehmen Dame zu versuchen. Denn einige weniger vornehme Damen, nicht viele in Wahrheit, Freundinnen oder Bekannte der Signora oder nur Gäste auf der Durchreise, hat sie im Laufe der Jahre kennengelernt.

Aber in ihren Träumen hat sie sich vorgestellt, die Arbeit zu wechseln, Verkäuferin in einem Bekleidungsgeschäft oder Kassiererin in einem fast schon eleganten Café zu werden, oder, ein absolut unrealistischer Traum, als Kindergärtnerin oder Sprechstundenhilfe bei einem Arzt zu arbeiten. Aber selbst wenn ihr jemand eines Tages eine Stelle in einem Café oder in einer Boutique anbieten würde, hätte sie wahrscheinlich ablehnen müssen. Es hätte ihr schlichtweg der Mut gefehlt, es der Signora zu sagen. Zu oft hatte sie gehört und hört es noch, wie die Signora jene ordinären und unanständigen Mädchen kritisiert, die in die Stadt kommen, um als Verkäuferinnen oder Kassiererinnen zu arbeiten, und sich gleich etwas einbilden. »Das ist eine Arbeit für Dumme, und obendrein sehr anstrengend!«

Im Laufe der Jahre hat sie von der Signora Berge von Kleidern, Hosen, Kostümen, Pullovern, Blusen und sogar Abendkleidern geerbt, die natürlich alle auf ihre Größe weiter und länger gemacht werden mußten. Auf ähnliche Weise hat sie auch mehr als eine der Ansichten ihrer Signora (wie die über das Ordinärsein der Verkäuferinnen) und auch einige von deren Freundinnen übernommen. Sie hat die eine oder andere der jüngeren und unkonventionelleren zur Freundin gehabt, die, nach Jahren der Gewöhnung, die liebenswürdige Geselligkeit Margheritas der raffinierten und etwas kalten Perfektion der Signora vorgezogen hatten. Diese Freundinnen, die aus mehreren und unterschiedlichsten Gründen – eine zu langwierige Krankheit, eine etwas zu skandalöse Liebesgeschichte, eine Katastrophe auf sentimentaler oder finanzieller Ebene – »ausrangiert« wurden, hat das Mädchen mit dem stillschweigenden Einverständnis der Hausherrin »geerbt«. Zwar nimmt sie alles dankbar an, aber es ist ihr auch etwas peinlich. Es ist ein wenig wie mit den abgetragenen Kleidern, das merkt sie.

Vielleicht wegen der übergelaufenen Freundinnen würde die Signora in der letzten Zeit Margheritas Arbeit gern anders definieren und sie »meine Gesellschaftsdame« und nicht mehr »mein Mädchen« nennen. Diese Anrede erscheint ihr netter, mehr Margheritas Alter und ihren Tätigkeiten entsprechend.

Neben Kochen, Putzen, Waschen und Bügeln leistet sie ihr jetzt auch sehr viel Gesellschaft. Sie geht mit ihr, die Hunde an der Leine, nicht nur zu kleinen Besorgungen außer Haus, sondern begleitet sie auch sonntags zur Messe, zum Spaziergang im Park und zur Schule, um das Enkelkind abzuholen. Auch wenn der Begriff der »Gesellschafterin« tatsächlich zutreffender wäre, bringt es Margherita beim besten Willen nicht fertig, sich in die Rolle einer Dame hineinzuversetzen. Weiterhin zieht sie es vor, das »Mädchen« zu bleiben.

Margherita hat zwar immer aufgeräumt, gebohnert, Staub gewischt, eben die Hausarbeit verrichtet, aber ihr Aufgabenbereich hat sich doch im Laufe der Zeit etwas verändert. Anfangs war sie die Babysitterin für die Tochter der Signora, der sie Kindermädchen, Aufpasserin und Spielgefährtin sein mußte. »Auch wenn fünfzehn Jahre Unterschied bestehen«, sagte die Signora, »passen die beiden gut zusammen, denn ein Mädchen vom Land, ein bißchen langsam und naiv, ist perfekt für ein lebhaftes Kind aus der Stadt.« Als die Tochter sie nicht mehr brauchte, besorgte sie den Haushalt und wurde zu einer erfahrenen Allroundkraft.

Dann heiratete die Tochter, und da sie gleich ein Kind erwartete, flehte sie die Mutter an, ihr Margherita für den Haushalt und das Neugeborene zu überlassen. So wurde sie, ohne daß sie sich dagegen auflehnte, in ein anderes Haus und ein anderes Wohnviertel versetzt, wieder als Babysitter. Aber mit der neuen Signora, mit der sie zwanzig Jahre zuvor Lego und Puppenmutter gespielt hatte, kam es nie zu der Vertrautheit, die sie dank der langen Gewöhnung und der Tatsache, die gleichen Orte und Personen in dem kleinen Dorf in der Brianza zu kennen, mit deren Mutter verband. Insbesondere war sie nicht daran gewöhnt, Befehle von einer jüngeren Person entgegenzunehmen, die sie einst in den Armen geschaukelt hatte; gewiß war sie eine Signora, ähnlich wie die Mutter, aber alles in allem auf eine für sie befremdliche Art, was von der freizügigen Redeweise und der mangelhaften Selbstkontrolle herrührte.

Margherita zeigte sich dennoch nie unzufrieden und fühlte sich auch nicht unwohl. Geduldig und gewissenhaft fuhr sie das Kind im Kinderwagen durch die Parks, die Straßen und Spielplätze Mailands. Sie tat das über Monate und Jahre, oft auch zusammen mit der anderen Signora, der echten, die in ihrer Rolle als Großmutter noch Anweisungen geben konnte, und die immer in Begleitung der zwei großen Hunde war, ihrer Lieblinge. Beide, die Signora und das Mädchen, spazierten also Seite an Seite und plauderten und lachten, jedoch gingen sie nie eingehängt oder zu vertraulich oder zu eng nebeneinander. Es war vor allem die eine, die sprach, erklärte, beibrachte, während die andere zuhörte und nickte.

Wer weiß, was die Signora ihr so erzählte: Geschichten von Hunden, Kindern, Episoden aus ihrer Familie, über die Liebe, die Küche?

Jetzt geht das Kind in die Mittelschule, und Margherita wird im Haus der Tochter nicht mehr gebraucht. Oder besser gesagt, für die Arbeiten im Haushalt könnte man sie noch einsetzen. Aber einmal hat sie mit zurückhaltender Entschlossenheit einen Wunsch geäußert, nämlich den, zu ihrer alten Herrin zurückzukehren: Zum Kochen, Putzen, Bügeln und Aufräumen ließen sich doch jede Menge andere Personen finden. Die Tochter hat sie mit giftigen Bemerkungen bedacht, aber die Signora war froh, daß es Margherita war, die diesen Wunsch geäußert hatte, das ersparte ihr Zwistigkeiten in der Familie. Im Geiste hatte sie lange schon die Rückkehr des Mädchens in ihren Haushalt vorbereitet. Zu diesem Zweck hatte sie ihr, ohne allzu genau zu sein, zu verstehen gegeben, daß sie ihr nach ihrer Rückkehr auch gehobenere Aufgaben anvertrauen wolle, etwa den Schriftwechsel und die Führung der Buchhaltung.

Jetzt ist Margherita also auch die Sekretärin der Signora. Der Herr des Hauses, der noch nie viel zu sagen hatte, ist vor einigen Jahren gestorben, und so sind die zwei allein. Das Mädchen sorgt für die Bezahlung von Rechnungen, geht auf die Bank und kassiert die Mieten einiger Wohnungen, die zum Besitz der Signora gehören. Sie macht Termine bei Ärzten, Anwälten und Steuerberatern, sie hat gelernt, sich gut auszudrücken, gibt sich gelassen und beinahe selbstsicher. Den größten Teil der Zeit verbringt sie jedoch damit, zusammen mit der Signora zum Bäcker, zum Metzger, auf den Markt, in die Apotheke zu gehen. Manchmal klappern sie auch gemeinsam die Boutiquen ab, doch nicht sehr oft. Zu diesem Anlaß braucht die Signora das Mädchen weniger, oder sie schämt sich ihrer in solchen Kreisen wegen ihrer übermäßigen Natürlichkeit und Einfachheit. Die eine trägt die kleinen Päckchen aus der Apotheke oder der Parfümerie, die andere die Einkaufstüten; die eine trägt im Winter einen Pelz, die andere einen Mantel, die eine hat im Frühling ein Kostüm an, die andere Rock und Pullover, die eine hat im Sommer Seidenkleider an, die andere Rock und Pulli, die eine geht nur in hochhackigen Schuhen, die andere immer in flachen. Und doch verstehen sich die beiden. Abgesehen davon, daß die Signora Margherita sehr viel öfter mitnimmt, als man es mit einem normalen Dienstmädchen täte, kann man nicht sagen, daß die Signora sich bemühte, ihrem Mädchen etwas näherzukommen. Anders herum hat ihr Mädchen Riesenschritte getan, um sich der Signora zu nähern. Sie hat es sogar soweit gebracht, daß sie jetzt die Hunde mag, die ihr immer schreckliche Angst einjagten. Stundenlang kann sie über die Tiere sprechen, was sie gemacht oder gefressen haben.

Selbstverständlich geht sie mit ihnen täglich Gassi, und an dem glücklichen und atemlosen Ausdruck ihres Gesichts, wenn sie sie an der Leine zurückhalten will, ist erkennbar, daß die Riesenviecher, zwei große, schwarze und edle Dobermänner, echte Luxushunde, ihr tatsächlich gefallen – und sei es auch nur deshalb, weil sie ihrer Signora so sehr gefallen.

Sie schielt immer noch – und es ist schade, daß die Signora, die normalerweise so aufmerksam und fürsorglich ist, ihr noch nicht geraten hat, sich einer Operation zu unterziehen. Breit und dick ist sie immer noch, obwohl es, wenn sie anständig gekleidet ist, weniger auffällt. Man sieht auch, daß sie zum Friseur geht, aber nur zum Haareschneiden, das Waschen erledigt sie zu Hause. Wenn man sie mal alleine antrifft, ist sie immer auf dem Sprung, als hätte ihr die Signora gesagt: »Vergiß nicht, dich zu beeilen, es sind noch jede Menge Dinge im Haus zu erledigen.« Sie geht schwer atmend, und ihr Blick irrt aufgrund des Schielens in unbekannte Richtungen. Sie bleibt nicht stehen, um mit jemandem einen Plausch zu halten oder die Schaufenster anzuschauen, die laue Luft oder das schöne Wetter genießend. Allein unterwegs ist sie verloren. Sie ist so sehr daran gewöhnt, daß die Signora an ihrer Seite ist, die sagt: Gehen wir dahin, gehen wir dorthin, jetzt muß ich das noch machen, geh nach rechts, genehmigen wir uns eine Minute im Café.

Ja, gelegentlich trinken sie auch eine Tasse Kaffee zusammen, aber nur sehr selten. Im übrigen hat die Signora, auch nicht, als sie Witwe geworden ist, Margherita niemals gebeten, sich mit ihr zu Tisch zu setzen. Das Mädchen bedient sie wie eine richtige Kellnerin, und wenn sie das früher vollkommen schweigend tat, verliert sie jetzt ein paar Worte dabei, hauptsächlich jedoch, um die Fragen der Signora zu beantworten. Es kam auch mal vor, daß sie zwischen zwei Gängen aufgefordert wurde, kurz Platz zu nehmen, um sich über eine Angelegenheit, die beiden am Herzen lag, auszutauschen – den Hausputz, einen hartnäckigen Fleck auf einem Kleid, eine Krankheit des Enkels, eine Heldentat der Hunde –, aber in Wirklichkeit geschieht das äußerst selten und ganz gewiß nie, um gemeinsam zu essen oder zu trinken.

Die Signora, die einen sehr anspruchsvollen und bestimmenden Charakter hat, aber trotzdem eine sehr gute Signora ist – präzise und streng und nie wirklich ungerecht –, schüttet seit ein paar Jahren Margherita gern ihr Herz aus. Sie erzählt ihr von ihrer Tochter, die sich manchmal arrogant verhält, von dem Enkelkind, das ihrer Meinung nach nicht genügend erzogen wird, von ihrem Ehemann, der so gut und freundlich, ja unterwürfig wirkte, der sie jedoch zwanzig lange Jahre, fast bis zu seinem Tod, mit einem Fräulein aus seinem Büro betrogen hat, ja, mit der Laura, die sie auch kannte. Oder über andere Familienzwistigkeiten, Ärger mit Brüdern und Cousins, unschöne Streitereien um Geld, die absolut nicht zum Stil der Signora passen und von denen Margherita nichts wissen möchte.

Von sich erzählt Margherita selbstverständlich nichts. Vertraulichkeiten hat sie entgegenzunehmen, aber nicht zu äußern. Das hat niemand beschlossen, aber es ist nun mal so. Die Signora fragt nie, oder, anders gesagt, sie erkundigt sich manchmal nach etwas, aber es ist klar, daß sie das Thema eigentlich nicht interessiert und sie in Wirklichkeit keine Antwort will. Vielleicht fürchtet sie sich auch davor. Wer weiß, was alles dabei herauskommen könnte: Nach allem ist Margheritas Welt ja eine ganz andere, vielleicht nicht feindlich, aber doch so verschieden von der ihrigen. Und dasselbe gilt auch für die Gefühle. Die Signora weiß, daß sich das Mädchen an manchen Sonntagen mit einigen ihrer Exfreundinnen trifft, um ins Kino zu gehen oder eine Pizza zu essen. Für ihre privaten Angelegenheiten hat sie die, und das ist für beide – wie sie findet – besser so. Eine Sorge weniger.

Doch die Signora müßte sich in diesem Punkt keine grauen Haare wachsen lassen, denn das letzte, was Margherita gern täte, wäre, sich ihr anzuvertrauen. Was hätte sie ihr schon zu erzählen? Ihre albernen Träume von einem Verlobten oder einem

Ehemann, der früher oder später wie der Märchenprinz auftauchen wird, um sie aus ihrem Stand des ewigen »Mädchens« zu erlösen? Oder ihre Ängste, was später einmal sein wird, wenn die Signora nicht mehr da ist und sie ohne Arbeit, ohne Haus, mit nichts außer ihren Kleidern und Blusen im Schrank und ihren Pullovern in den drei Schubladen dastehen wird? Was soll sie dann nur machen, wenn in der Zwischenzeit jener Verlobte oder Ehemann nicht gekommen ist, um sie zu erlösen? Wird sie in ihr Dorf zu ihrem Bruder, dem Elektriker, zur raffgierigen Schwägerin und den so gut wie unbekannten Neffen zurückkehren? Was wird sie nur tun, wenn sie einmal alt ist? Sie will nicht daran denken. Keine Probleme und keine Vertraulichkeiten.

Der einzige Gedanke, der sie seit Wochen quält und den sie gern der Signora anvertrauen würde, ohne daß sie die Kraft dazu hätte, betrifft die Worte ihrer Freundin Emanuela, die immer elegant wie ein Fotomodell ist und ihr fast jede Woche einen Stapel ausgelesener Modezeitschriften mitbringt. Sie hat ihr gesagt, daß im Friseursalon eine Frau für die Kasse gesucht wird, die zuverlässig und freundlich ist, einen guten Charakter und gepflegte Umgangsmanieren hat und wegen der durchgehenden Arbeitszeit, wegen der Samstage und der kurzen Ferien, keine familiären Belastungen haben darf. Die Bezahlung, von der die Rede ist, erscheint Margherita außerordentlich hoch, es ist sehr viel mehr als das, was sie bei ihrer Signora bekommt. »Und dann«, hat Emanuela noch betont, »bedenke auch den Arbeitsbereich, das sind alles junge, moderne, lebenslustige Mädchen, mit denen du viel besser zurechtkommen würdest als mit der alten Clelia, die nur an den Enkel und die Hunde denkt und dir gegenüber ein echter Geizhals ist.«

»Das einzige Problem«, hat Emanuela nicht ohne eine gewisse Verlegenheit hinzugefügt, »ist dein Aussehen. Du müßtest abnehmen, aber ich gebe dir schon einen Diätplan, und du müßtest deinen Kleiderstil etwas ändern. Wenn du einige Kilo runter hast, kann ich dir einen Haufen Klamotten ausleihen.«

»Ja, ja, das wäre wirklich schön, es würde mir sehr gefallen, eine echte Veränderung, ein neues Leben wäre das. Aber ein bißchen Angst habe ich schon, ich bin nicht daran gewöhnt, alleine zu leben, und wer weiß, ob das Gehalt auch für eine Wohnungsmiete reicht. Und ich weiß überhaupt nicht, wie ich es der Signora beibringen soll. Mit einem derartigen Verrat nach so vielen Jahren wird sie nicht rechnen, sie ist überzeugt, daß ich bis zu ihrem Tod bei ihr bleibe.« Das war Margheritas Antwort.

»Was die Wohnung angeht«, sagte Emanuela sofort, »habe ich mir schon etwas überlegt. Meine ist groß genug für zwei, und für mich wird es langsam zu einer Last, nach Hause zu kommen und nie jemanden anzutreffen. Du könntest zu mir ziehen, und wir könnten uns die Ausgaben teilen. Wenn es dir lieber ist, brauchst du mir auch nichts zu bezahlen und machst dafür ein wenig Ordnung in der Wohnung, oder du kochst mir abends mal ein bißchen Gemüse.«

Margherita gefällt diese Aussicht. Putzen und Kochen als Gegenleistung für die Unterkunft würde ihr nicht schwerfallen, auch wenn ihr während Emanuelas Rede für eine Sekunde das »au pair« in Erinnerung kam, als was die Signora in der ersten Zeit ihre Arbeit bezeichnet hatte. Au-pair-Mädchen bei ihrer Freundin Emanuela zu sein, die bestimmt nicht so ausgeglichen, klug oder präzise wie ihre Signora ist? Besser wäre wohl, die Ausgaben zu teilen.

»Du hast etwas Zeit, um dir das zu überlegen, aber nicht sehr viel«, sagte Emanuela zum Schluß, »vorerst bringe ich dir meinen Diätplan vorbei, du brauchst ja nicht sehr viel abzunehmen, sieben oder acht Kilo reichen für den Anfang.«

Margherita hat mit der Diät angefangen, was ihr etwas Mühe macht, weil sie es heimlich tun muß. Wenn die Signora Erklärungen von ihr verlangte, würde sie ihr bestimmt am Ende alles beichten, da sie sich nicht geschickt genug anstellt, um Geheimnisse zu wahren. Die von Emanuela verordneten sieben oder acht Kilo kommen ihr enorm viel vor. Aber die

Unmöglichkeit, so viel Gewicht zu verlieren, könnte an dem Tag, da sie Rede und Antwort stehen müßte, als Ausrede dienen, das Angebot abzuschlagen und sich zurückzuziehen.

Sie grübelt also Tag und Nacht und ist hin und her gerissen zwischen der verheißungsvollen Aussicht auf ein neues Leben und der Angst, ihr altes, aber nicht schlechtes zu verändern, und der noch viel größeren Angst, es der Signora zu sagen. Mühsam hat sie, angetrieben von Emanuela, zweieinhalb Kilo verloren. Jetzt aber scheint das Gewicht stillzustehen, als begehre ihr Organismus auf und wolle ihr den einzigen gangbaren Weg weisen. Sie wollte abwarten, bis sie schlank wäre, um sich beim Friseur vorzustellen, und jetzt zaudert sie. In der Nacht legt sie sich die Worte zurecht, die sie der Signora zu sagen hat, aber am Tag hat sie alles wieder vergessen. Oft sieht sie sich in Gedanken, wie sie elegant gekleidet an der Kasse sitzt und mit den Kundinnen ein paar Worte wechselt, mit den Friseusen scherzt und abends Emanuela ihren Tagesablauf erzählt. Doch sofort kommt ihr alles irreal vor. Hartnäckig hält sie an der Diät fest, und ganz langsam beginnt sie wieder Gewicht zu verlieren. Aber so langsam, daß Emanuela ihr eines Tages sagt: »Bei Fabio haben sie vor zwei Tagen eine neue Kassiererin eingestellt.«

Fabrizia

Fabrizia ist eigentlich Schriftstellerin, aber ihre Brötchen verdient sie sich als Lehrerin an einer Mittelschule. Bislang hat sie ein Buch veröffentlicht, und von vielen Seiten erhielt sie Lob und Ansporn. So gesteht sie, daß sie eines Tages ganz Schriftstellerin und keine Lehrerin mehr sein wird, die sich in der Freizeit ihrem Hobby widmet. Obwohl sie sich in der Schule nicht unwohl fühlt, betrachtet sie ihre Unterrichtstätigkeit als einen vorübergehenden Zeitvertreib und empfindet Schreiben als ihren Hauptberuf, ihre Bestimmung. Das geht so weit, daß es sie beinahe Überwindung kostet, auf irgendwelchen Formularen in der Spalte Beruf »Lehrerin« einzutragen. Aber abgesehen von den Dokumenten wird sie sich zu ihrer Überraschung und zu ihrem Trost bewußt, daß ihr dank der Veröffentlichung einiger ihrer Erzählungen in einer Zeitschrift bereits der Status Schriftstellerin zuerkannt wird.

Sie hat also ein Buch veröffentlicht, bei einem kleinen Verleger nur, das stimmt, aber sie ist trotzdem zufrieden. Die nächsten drei Bücher liegen in der Schublade zur Überarbeitung bereit, oder ruhen in

Erwartung eines besseren Schicksals. Ein viertes Buch ist in Arbeit. Mit ihrem Alter von nur siebenundzwanzig Jahren kann sie sich nicht beklagen, hat sie beschlossen. Und in der Zukunft – auch das hat sie beschlossen – wird sie es weit, recht weit bringen.

Fabrizia stammt aus einer einfachen Familie, die Mutter ist Hausfrau, der Vater Vertreter für Sanitätsartikel. In der Vergangenheit, kann sie sich erinnern, kamen nicht viele Bücher zu ihnen ins Haus. Sie war es, die sich welche beschaffte und es so angestellt hat, daß manchmal eines auch den Eltern in die Hände fiel. Vor allem hat sie bald begriffen, daß die Bücher für sie, die weder schön noch unbefangen und schon gar nicht brillant ist, der Rettungsanker sind. Rettung aus der plötzlich in der Kindheit entdeckten Bescheidenheit und Eingeschränktheit ihres Elternhauses, ihrer Eltern und ihres eigenen Lebens. Aber auch von ihrem ausdruckslosen Gesicht, ihrer schlechten Figur mit dem mageren Oberkörper und dem breiten Unterbau (als wäre sie aus zwei verschiedenen Frauenkörpern zusammengesetzt), den fahlen Haaren, den schrecklich auffälligen Kleidern und ihrer Unfähigkeit eben, auf Männer und Frauen zu wirken, würde sie sich schreibend freikaufen.

Schriftstellerin zu sein und vor allem als solche anerkannt zu werden, das ist für Fabrizia Grund größter Zufriedenheit. Sie bezieht daraus die Sicherheit, die Kraft und den Mut, immer fernere Ziele anzupeilen. Mit aller Gewalt klammert sie sich an den Beruf, den sie sehnlichst als ihren eigentlichen und einzigen wünscht. Um jeden Preis will sie der Monotonie entkommen, die drohend über ihrem Haupt schwebt. Auf die gleiche Weise klammern sich einige ehemalige Schulfreundinnen aus mindestens ebenso bescheidenen Familien jeweils an einen reichen Ehemann, an eine Karriere als Mannequin oder auch an langwierige und schwere Studiengänge wie Ingenieurwissenschaft oder Medizin. Alle aber sind hübscher als sie, oder sie haben eine größere Begabung für bestimmte Fächer. Fabrizia dankt dem Himmel, daß sie ihre Leidenschaft fürs Schreiben entdeckt hat.

»Berufung« beliebt sie es zu nennen, »Talent« bestätigen ihr die anderen. Wäre sie ehrlich mit sich, müßte sie zugeben, daß alles ganz zufällig, ja spielerisch gekommen ist; nämlich dank der Leichtigkeit, mit der sie Aufsätze in der Schule schrieb, Gedichte für die Poesiealben der Freundinnen verfaßte und ihnen endlos lange, erzlangweilige Briefe schickte, wenn sie ihre Ferien Sommer für Sommer bei ihren Großeltern im Bahnwärterhaus verbrachte. Sie müßte sich außerdem eingestehen, daß sie es – Berufung hin oder her – ohne Schwierigkeiten oder schmerzhaftes Empfinden fertigbrächte, wochenlang nicht eine Zeile zu schreiben. Das läßt sie jedoch nicht zu, nicht nur aus Angst, daß die Schreibmaschine einrosten könnte, sondern auch aus dem bangen Gefühl heraus, daß sie sich, wenn sie auch nur für kurze Zeit das Schreiben unterbräche, nicht mehr als Schriftstellerin fühlen würde.

Zu ihren Anhängern zählen als erste ihre Eltern, die gern die Erinnerung an Fabrizias Kindheit auffrischen, als das kleine Mädchen die Nächte mit Lesen und Schreiben zubrachte. Seit geraumer Zeit haben sie ganz gegen ihre Gewohnheit im Wohnzimmer ein Regal aufgestellt, in dem die wahllos gekauften oder von Fabrizia geschenkten Bücher aufbewahrt werden, die auf jeden Fall die alltäglichen Gespräche beherrschen. Ihnen ist jetzt bewußt, eine Schriftstellerin zur Tochter zu haben, und diese Erkenntnis verändert auch einige wesentliche Züge in ihrer eigenen Existenz. Nachbarn und Ladenbesitzer in ihrer Gegend haben etwas mitgekriegt, sie stellen jetzt Fragen und erkundigen sich, und in ihrer Stimme schwingt ein ganz neuer Ton. Um sie herum erblühen Wißbegier und Herzlichkeit, was für sie ganz ungewohnt ist. Wahrscheinlich wäre ihnen ein reicher Ehemann, eine Arbeit als Fotomodell oder eine Anstellung als Ärztin oder Ingenieurin für die Tochter lieber gewesen, aber ersatzweise stellt die unerwartete Beschäftigung, der ihre einzige und über alles geliebte Tochter in der Freizeit nachgeht, für sie einen rechten Trost dar.

All das genügte Fabrizia jedoch nicht, würde das Schreiben ihr nicht einen anderen Freischein bescheren. Ist sie nicht allein, sondern mitten im sogenannten Gesellschaftsleben – wenngleich das sehr sporadisch der Fall ist –, kann sie sich nun auch erlauben, nicht vor Geist zu sprühen, sondern wortkarg zu sein, nur das Nötigste zu antworten und nicht mühsam die Konversation aufrechtzuerhalten. Einer Schriftstellerin muß nämlich die Zeit gelassen werden, ihren Phantasien und Gedankengebäuden nachzuhängen. Schweigt sie, dann heißt das noch lange nicht, daß sie nichts zu sagen hat, sie könnte ja gerade damit beschäftigt sein, im Geiste die Geschicke ihrer Romanfiguren zu verfolgen. Ist sie nicht schlagfertig und brillant, muß sie nicht automatisch als langweilig und belanglos gelten. Für eine lebhaftere Teilnahme Fabrizias am Geschehen bedürfte es möglicherweise eines gehobeneren Gedankenaustausches.

Fabrizia hat nicht nur das Recht zu schweigen, sie muß auch nicht mehr krampfhaft und ängstlich etwas Intelligentes oder Lustiges zur Unterhaltung beisteuern. Man lauscht jetzt mit besonderer Aufmerksamkeit wie einem Wunder den knappen Worten aus ihrem Mund, als wären die Banalitäten, die sie von sich gibt, reizvoller und bedeutender als die anderer Frauen. Wohl abgemessen läßt sie hie und da ein Wort fallen, das die anderen mit Hingabe aufgreifen. Man sucht ihre Nähe und umringt sie – beinahe so, als wäre sie schön –, um etwas von ihren raren Kommentaren mitzukriegen oder um ihr Schweigen zu deuten. Dieselben Leute, die sie früher einfach in irgendeinem Sessel übersehen hätten, für die sie gar nicht existierte.

Fabrizia kommt langsam zur Überzeugung, daß sie auf dem Weg der Schriftstellerei vielleicht auch einen Mann finden wird. Bis jetzt hat sie nur wenige und unbefriedigende Erfahrungen gesammelt, und das vor allem mit einem Männertyp, der ihr nicht liegt. Sie hätte gern andere Männer, die etwas zu sagen haben, etwas Besonderes sind und Ausstrahlung besitzen. Wer weiß, eines Tages könnten diese Wesen trotz ihres unharmonischen Körperbaus in ihr Leben treten. Sie wird sie – stellt sie sich kühn vor – mit ihrer Phantasie und ihrer Unergründlichkeit als Schriftstellerin und, warum nicht, auch mit ihrem kleinen, aber neuen und trostspendenden Erfolg erobern.

Sie kokettiert also ein wenig mit ihrem Beruf, so wie es andere mit einem Kleid, einem Make-up, einer Frisur oder einer völlig neuen und unwiderstehlichen Liebestechnik tun. Sie studiert die Gesichter, die Haltung, die Gesten, die zu ihrer Persönlichkeit passen könnten, so wie andere Schnitt und Farbe von Kleidern und Accessoires unter die Lupe nehmen. Auch die Stimme, den Klang, das Timbre, den Sprechrhythmus studiert sie ein. Sie betrachtet sich im Spiegel, als wäre sie eitel, ausgerechnet sie, die nicht einmal zum Friseur geht, noch nie Lippenstift aufgelegt hat und die sich ihre Kleider immer noch von der Mutter kaufen läßt. Ihr ist klar, daß es sich um keine geringe Herausforderung handelt, aber sie ist optimistisch. Sie zwingt sich, es zu sein, und gestattet sich kein Zaudern, da sie schon lang genug gezaudert hat.

Sie wagt es nicht auszusprechen, wagt es nicht einmal zu denken, aber sie hat beschlossen, koste es was es wolle, ein verführerisches Wesen zu werden. Bis vor kurzem hätte sie noch über sich selbst gelacht – sie und verführerisch? Mit diesen Hüften Kleidergröße sechsundvierzig und der Oberweite sechs Nummern kleiner? Mit den Haaren von undefinierbarer Farbe, die obendrein schon einen Tag nach der Haarwäsche fettig herunterhängen? Mit dem verhärmten Gesicht und den ausdruckslosen Augen? Jetzt aber beginnt sie dank ihrer Einbildungskraft, daran zu glauben. Mit Worten, bedeutungsschwerem Schweigen, sparsam verschenktem Lächeln und allwissenden Blicken, damit wird sie verführen. In Ermangelung von Besserem braucht sie ihre Zeit nicht mehr mit den Männern zu vertun, die hauptsächlich wegen ihres großen Hinterteils auf sie stehen und sie mit dem einen Ziel vor Augen zum Essen oder ins Kino einladen, ihr zuletzt den Slip runterzuziehen und ihre Rundungen aus rosafarbenem Fleisch aus der Nähe zu beäugen und dabei mit gezwungen liebevoller oder scherzhafter Stimme Lobeshymnen auf ihren »riesigen Mond« oder ihren

»prächtigen Arsch« anzustimmen oder sich in anderen Geschmacklosigkeiten zu ergehen.

Nie mehr will sie was von solchen Typen hören, die es von jetzt an nicht einmal mehr wagen dürfen, sich ihr zu nähern. Eine Schriftstellerin, eine Intellektuelle kann sich nicht mit solchen Männern abgeben. Fabrizia hat sie aus ihrem Leben verbannt, als hätten sie niemals existiert. Vergessen will sie diese dummen und vulgären Rüpel, jeden Gedanken an sie will sie ausmerzen, bis nichts mehr, nicht der geringste Schatten, nicht die leiseste Spur, nicht die schwächste Erinnerung an sie mehr haften geblieben ist, was die anderen, die früher oder später kommen werden, negativ beeinflussen könnte. Sie will jetzt – und sie denkt, es sich auch verdient zu haben – einen kultivierten und gebildeten Mann. Einer, der sie behandelt, als hätte sie nicht diesen Riesenhintern, als wäre ihr Busen normal und nicht flach wie der einer Heranwachsenden, ein Mann, der nicht Maß nimmt und nicht abtastet und in Gedanken keine Vergleiche mit anderen und perfekten Frauen anstellt; einer, der als allererstes ihre Seele erkennt und sich von dem wenigen oder vielen nährt, was Fabrizia ihm zu erzählen hat.

Es wird so sein wie in ihren Texten, nämlich die gleiche Geschichte, die sie auf den Blättern, die in der Schublade lagern, erzählt und immer wieder erzählt; unzählige Male hat sie mit dieser Erzählung von vorne angefangen: Sie faßt Fuß, nimmt Gestalt an – und bleibt doch in der Luft hängen, ohne daß Fabrizia einen Ausweg, einen annehmbaren Schluß fände. Da gibt es immer eine junge Frau wie sie, die kein allzu glückliches Äußeres hat, die ohne großartige Begeisterung von einem zum anderen wandert und die sich weder in ihrer unharmonischen Figur noch in der Leichtigkeit, mit der sie die Partner wechselt, wiedererkennt. Im Grunde ihres Herzens weiß sie, daß sie eine andere ist, andere Träume und Wünsche hat, die sich nicht mit ihrem Lebensstil und schon gar nicht mit der oberflächlichen und etwas grobschlächtigen Heiterkeit vereinbaren, mit der die Männer, mit denen sie es zu tun hat, ihr begegnen.

In jenen Erzählungen taucht immer ein Mann auf, der nicht einmal besonders perfekt ist, nicht gutaussehend, manchmal auch ein Egoist, ein Lügner, ein Verräter oder sogar ein Feigling. In den Augen der weiblichen Hauptfigur aber ist er anziehend, intelligent und originell, und er nähert sich ihr im Glauben, es mit einem der üblichen grauen Mäuschen zu tun zu haben. Statt dessen muß er entdecken, eine vielseitige und ein wenig mysteriöse Künstlerin vor sich zu haben, die hinter dem uninteressanten Äußeren unerwartet große Reize verbirgt. Die Annäherung zwischen den beiden erfolgt auf dem Wege subtiler Wortgeplänkel, die ihm die Augen öffnen und ihn erkennen lassen, welch außerordentlicher Frau er da begegnet ist. Und ihr wird klar, daß der egozentrische, schlechterzogene und verlogene Mensch da noch ein anderes Gesicht, eine nachdenkliche oder sogar liebenswerte Seite in sich verborgen haben mag.

Es folgen seitenlange, aussagekräftige und gut konstruierte Dialoge. Dank der Spielerei mit so vielen Worten könnten die Hauptfigur und ihr Gesprächspartner am Ende auch zu etwas anderem bereit sein, aber jedesmal bricht die Erzählung ab, weil die Autorin einfach nicht in der Lage ist, eine Fortsetzung zu erfinden. Wie verhalten sich nur die kultivierten und intelligenten, ins Auge fallenden und interessanten Männer, die sie als Partner für die weibliche Hauptfigur auserkoren hat und die sie auch gern für sich selbst wählen würde? Fabrizia versucht es, sie macht weiter, geht erneut zurück, schreibt und streicht das Geschriebene wieder aus, setzt von neuem an und gibt sich dann geschlagen: Entmutigt steht sie vor der von ihr geschaffenen Filmrealität. Die Wortplänkeleien gelingen ihr gut, sie könnte endlos weiterschreiben, doch dann verzettelt und verliert sie sich, und die Erzählung, vielmehr die Erzählungen häufen sich in der Schublade und gleichen fehlgeschlagenen Versuchen im wirklichen Leben – dem der Autorin natürlich.

Marco kommt den Männern ihrer Erzählungen am nächsten. Er ist der Sohn einer ihrer Kolleginnen in der Schule. Sie hat ihn nur ein paarmal kurz gesehen, weiß aber aus den Erzählungen ihrer Kollegin alles über ihn: daß er sein Studium glänzend absolviert hat, Anwalt ist und ein paar Jahre älter als sie – und noch nicht in festen Händen. Überraschend begegnet sie ihm – die Welt ist ja so klein – regelmäßig bei Emilia zu Hause, wo ständig Leute ein und aus gehen. Für Fabrizias Geschmack ist er etwas zu schön und deshalb umringt von jungen Mädchen und Frauen, neben denen sie keine Chance hat. Obendrein ist er auch sehr von sich eingenommen, was man an seinem Gang und seinen Blicken erkennt. Wie die anderen Frauen wäre auch sie liebend gern in seiner Nähe. Standhaft hält sie sich zurück und ist bemüht, ihren Blick auch nicht eine Sekunde auf ihm ruhen zu lassen. Sie weiß sehr gut, daß sie sich dadurch verraten würde. Aber sie ist nicht in der Lage, auf ungezwungene Weise gleichgültig zu wirken, als wäre er einer von den vielen, mit denen sie nichts anzufangen weiß. In der Tat hat sie sich mit ihrem beharrlichen Sich-im-Abseits-Halten verraten.

Sie merkt, daß Marco sie beobachtet. Nichts weiter. Auch wenn sie anderswo beschäftigt ist, spürt sie, wie sein Blick über die zwei, drei Mädchen, die ständig süß lächelnd an ihm kleben, hinwegschweift. Fabrizia ist versucht, sich glücklich zu preisen, und hätte gern, daß es bei diesen Blicken bliebe – und Schluß. Auf diesem Weg könnte sie sich der Illusion hingeben, daß Marco sie beobachtet, weil er neugierig auf sie ist und nicht wie gewöhnlich auf die Ausmaße ihres Hinterns.

Aber Marco beläßt es nicht bei Blicken. »Auch ich schreibe ein bißchen«, ist das erste, was er ihr sagt, nachdem er sie tagelang nur angeschaut hat. Fabrizia ist unsicher, ob sie jene gewisse angenehme Vertraulichkeit seiner Worte genießen oder unter der falschen Bescheidenheit leiden soll, mit der er sie ausspricht. Sie sagt keine Silbe und wartet ab, den neuen, sich selbst auferlegten Regeln entsprechend. »Ich schreibe nur für mich, ganz private Dinge, aber vielleicht hätte ich Gefallen daran, daß Sie sie eines Tages lesen.« Und schon ist Fabrizia geneigt, den gekünstelten Tonfall seiner Worte zu vergessen.

»Ich will von Ihnen kein Urteil, das interessiert mich nicht. Ich will Ihnen damit vielmehr ein Geschenk machen, wie andere mit einem Blumenstrauß«, fährt Marco verhalten fort.

»Gerne würde ich auch Sachen von Ihnen lesen, unveröffentlichte, nicht ausgefeilte und für meinen Geschmack zu oft kontrollierte, sondern Seiten, die Sie für sich aufgehoben haben, die Sie keinem zu zeigen wagen, weil sie zu gefühlsbetont und zu enthüllend sind. Werden Sie mir eines Tages diese Freude bereiten?«

Erschrocken, entsetzt und zugleich wünschend, daß dies endlich die Person sei, auf die sie schon seit Ewigkeiten wartet, wagt sie nicht, sich zu rühren. Leise und einsilbig kommt ihre Antwort, in der Hoffnung jedoch, daß ihr flüchtiges Lächeln und ihr mehrfach hingehauchtes Ja, Nein, Vielleicht, Ich-weiß-Nicht, daß alle diese Seufzer sich von denen der anderen unterscheiden, tiefgründiger, eindrucksvoller und bedeutungsschwerer sind.

»Ich habe Ihr Buch mit großem Interesse gelesen, aber das genügt mir nicht, ich wüßte gern mehr von Ihnen. Verraten Sie mir Ihre geheimen Geschichten, dann erzähle ich Ihnen meine. Mir ist bewußt, daß ich schamlos ein Opfer von Ihnen verlange, aber Sie würden mich glücklich machen. Verstehen Sie?«

Und beim Sprechen sieht Marco sie an, aber nicht mit diesem dümmlichen Blick, wie die anderen ihn haben, die nur allzu offenkundig die Ausmaße ihres Unterbaus abschätzen wollen. Sein Blick ist ganz im Gegenteil konzentriert und voller Erwartung auf das, was nur von ihr kommen kann. Hastig läßt Fabrizia ihre unveröffentlichten Romane an ihrem geistigen Auge vorbeiziehen: Welchen könnte sie ihn lesen lassen, welche ihrer unvollständigen Erzählungen würde ihm gefallen? Und unterdes sagt sie: »Ja, ist gut, wenn Ihnen was daran liegt, verspreche ich, Sie etwas von mir lesen zu lassen, auch wenn ich leider nicht viel vorzuweisen habe.«

»Ihre Verwirrung ist sehr charmant«, tröstet Marco, »wie reizend ist Ihre Bescheidenheit. Fast rührend, wüßte ich nicht aus Ihren Texten, daß Sie eine starke und entschlossene Frau sind. Denn im Grunde kenne ich Sie ja schon aus Ihrem Buch – oder zumindest bilde ich mir ein, Sie zu kennen. Sie haben vor mir schon alle Hüllen fallen lassen, wissen Sie das? Gewiß auch vor anderen Lesern, aber vor mir ganz besonders, denn ich habe Sie auf besondere Weise interpretiert. Aus diesem Grund will ich ja mehr von Ihnen wissen: Es ist so, als hätten Sie mir gestattet, eine kleine Kostprobe von Ihnen zu nehmen, und in mir ist die Lust geblieben, weiter zu kosten. Können Sie das verstehen, oder halten Sie mich für draufgängerisch, unerzogen und indiskret?«

»Nein, nein«, säuselt Fabrizia, »aber Sie bringen mich in Verlegenheit, und zugleich schmeicheln Sie mir, nicht viele lesen mit solcher Aufmerksamkeit. Ich bin nur überrascht, überrascht und glücklich«, fügt sie hinzu und verfällt dabei unbewußt wieder in ihren üblichen dozierenden Tonfall, »ein so großes Interesse für die Literatur zu finden. Und es versteht sich von selbst, daß ich auch sehr gern etwas von Ihnen lesen würde.«

»Da Sie mir Ihr Wort gegeben haben, würde ich die Situation gern umkehren und Sie bitten, den ersten Schritt zu tun. Sie sind ja Schriftstellerin, und ich bin nur ein Rechtsanwalt, der hin und wieder seinem

Drang nachgibt, etwas aufs Papier zu bringen. Nichts als ein Dilettant. Es handelt sich vor allem um Gedichte und freie Reflexionen. Es ist wirklich nichts Besonderes, und ich sollte mich dessen im Grunde schämen. Doch wenn Sie sich mir offenbaren und mich so ermutigen, dann sollen Sie auch mein Geheimnis lüften. Ich bitte Sie, lassen Sie uns das Spiel nach meinen Regeln spielen. Im übrigen, hat es je einen Mann gegeben, der sich als erster auszieht, während seine Partnerin vollkommen bekleidet abwartet? Das wäre doch auch in Ihren Augen kein schöner Anblick?«

Wie zwei verheißungsvoll leuchtende Sterne hat Fabrizia nur die beiden Worte »seine Partnerin« behalten. Sanft wie ein unerwartetes Versprechen streichen sie über ihre Seele, und als Antwort haucht sie: »Vielleicht haben Sie recht, wir machen es so, wie Sie wollen, aber ich bitte Sie, nachsichtig zu sein mit dem, was ich Ihnen zu zeigen habe. Sie dürfen nicht allzuviel erwarten, ich habe nur unbedeutende Sachen in der Schublade.«

»Das ist ein großes Geschenk für mich, glauben Sie bitte nicht, daß ich das nicht zu schätzen wüßte. Es berührt mich sehr, wie Sie sich mir voller Vertrauen öffnen, obwohl Sie mich erst seit kurzem kennen. Meine liebe Fabrizia. Ich bin Ihnen unendlich dankbar. Wenn ich bedenke, daß ich gestern abend eigentlich ganz woanders hätte sein sollen, so kann ich mich außerordentlich glücklich schätzen, hier Ihre Bekanntschaft gemacht zu haben. Schon seit geraumer Zeit habe ich Sie aus der Ferne beobachtet und den Wunsch gehegt, mit Ihnen zu sprechen.«

»Auch ich habe Glück gehabt« – Fabrizia kann nicht umhin, dies mit lieblicher Stimme zu flöten. Die Worte entströmen ihrem Mund, ohne daß sie ihnen Einhalt gebieten kann, obwohl sie lieber geschwiegen und nur ein wenig gelächelt hätte.

»Meinen Sie, wir könnten unsere Unterhaltung woanders fortsetzen?« fragt Marco. »Hier ist es laut und verräuchert, man kann sich nicht mal setzen, und ich habe Lust, ausgiebig mit Ihnen zu plaudern. Haben Sie ein Haus, eine Wohnung, ein Zimmer für sich allein? Ich würde liebend gern erfahren, wo und wie sie leben, beinahe so, wie ich mich danach sehne, Ihre Werke zu entdecken. Und ich will, daß Sie sich ganz nahe zu mir setzen, während ich aufmerksam das lesen werde, was Sie mir geben wollen. Es wäre ein ganz besonderer Abend für mich.«

Fabrizia ist vor lauter Glückseligkeit wie gelähmt. Nur mühsam erwacht sie aus diesem Zustand und nickt fast unmerklich mit dem Kinn. Marco genügt das, um seine Hand, die schon seit einer Weile leicht auf ihrer Hüfte aufliegt, noch tiefer gleiten zu lassen.

»Komm schon, mein Prachtarsch.« Und er sagt das mit der gleichen säuselnden und entrückten Stimme.

Emilia

Emilia ist die sympathischste, lustigste und unterhaltsamste von allen. Sie hat jede Menge Talent, kann malen, zeichnen, kochen, nähen, frisieren, Kleider richten, Vorhänge reparieren, Makkaroniauflauf machen, Klavier spielen und singen. Zudem hat sie dichtes kastanienbraunes Haar, das ihr über die Schultern fällt, auf ihren Lippen spielt beinahe immer ein Lächeln, und ihre Figur hat die richtigen Rundungen. Alle beneiden sie um ihre Arbeit als Stoffdesignerin; sie ist die Mutter eines zehnjährigen Sohns und hat jede Menge Verehrer. Das nimmt nicht wunder, denn sie ist lebenslustig, phantasievoll, und sie bringt ihre Mitmenschen zum Lachen. Als Beobachterin mit Köpfchen versteht sie es, die Fehler und Verhaltensweisen anderer haarscharf zu entschlüsseln. Sie macht das auf unwiderstehliche Art und Weise, in Gegenwart oder in Abwesenheit des Betreffenden, entweder grausam oder leichtfüßig, je nach Tagesform und Laune.

Die Männer reißen sich um sie; sie ist auch imstande, gleich drei auf einmal zum Abendessen einzuladen, und keiner weiß um die Leidenschaft des anderen. Zur Rückendeckung lädt sie auch zwei Freundinnen ein, die zumindest die erste halbe Stunde nichts von der Situation begreifen. Natürlich hat sie, die Königin des Abends, einen Heidenspaß, mehr jedenfalls als die Freundinnen, die es ihr aber trotzdem nicht verübeln. Wie es läuft, ist es einfach normal: Emilia, denken sie, ist eben eine besondere Frau.

Wenn Emilia es so beschlossen hat, bittet sie, ohne viel Aufhebens zu machen, zwei der Verehrer, die Damen nach Hause zu begleiten, und behält den Auserwählten des Abends bei sich. Normalerweise laufen diese Operationen nicht problemlos und rasch ab. Die beiden Ausgeschlossenen wollen Zeit gewinnen, obwohl sie genau um die Aussichtslosigkeit ihrer Bemühungen wissen. Sie versuchen dann, den dritten Mann loszueisen oder ihn in endlosen Diskussionen so zu schwächen, daß er keinen Vorteil aus seiner Stellung ziehen kann. Im allgemeinen haben die Freundinnen und Helferinnen in der Not längst begriffen, was sie zu tun haben: Mit schmeichelnden Worten, die auch einen anderen Ausgang des Abends in Aussicht stellen, gelingt es ihnen schließlich, die zwei überzähligen Herren mitzuschleppen.

Es kann aber auch sein, daß Emilia alle drei verabschiedet, und dann kann der Abend im Haus der einen oder anderen Nothelferin sehr wohl ein unvorhergesehenes Ende nehmen. Wenn Emilia Wind davon bekommt – und früher oder später ist das der Fall –, dürfen ihr die ungetreuen Verehrer nicht mehr unter die Augen kommen; sie dürfen sie auch nicht mehr anrufen oder auf irgendeine Weise belästigen. Sie können erst dann auf Vergebung hoffen, wenn sie sich, ob sie wollen oder nicht, mit der Freundin jenes Abends verloben; falls diese aber allzu zufrieden mit dem Verlauf der Dinge ist, wird sie prompt von ihr zurechtgewiesen.

»Was glaubst du eigentlich?« läßt Emilia sie wissen. »Ich war es doch, die ihm gesagt hat, daß er sich mit dir zusammentun soll. Er kann ja nicht davon ausgehen, daß er mit einer meiner Freundinnen einfach ins Bett steigen und sich dann aus dem Staub machen darf. Aber auch du bist mir so eine! Hast ihn gerade erst kennengelernt, und schon warst du mit bei der Sache... Also ich fand das nicht besonders schön. Du wußtest doch, daß er hinter mir her war.«

Rechtfertigungen haben keinen Sinn, denn für Emilia ist alles nur ein Spiel, und mit atemberaubender Geschwindigkeit vertauscht sie die Karten auf dem Tisch, sowohl ihre als auch die der anderen; keiner ist über längere Zeit mit ihr böse, weil sie andererseits unwiderstehlich sein kann. Verspürt sie gar Lust und holt den Verliebten, der zeitweilig anderweitig beschäftigt war, wieder zu sich, dann überschüttet sie die Freundin mit besonderer Aufmerksamkeit, nimmt sie in den Arm und versucht, sie über die Enttäuschung hinwegzutrösten: Auf diesem Weg werden ihre Scharmützel mit Männern und Frauen bald zu Mythen, von denen immer wieder und zur Freude aller erzählt wird.

Die Freundinnen bringen es nicht fertig, über längere Zeit ohne Emilia zu sein, denn keine gleicht ihr: Sie ist nie wirklich traurig, nie jammert sie wirklich herum, und sie versteht sich bestens darauf, ihre Probleme für sich zu behalten. Mehr als eine hängt in gewissem Sinn von ihr ab, wartet auf ihre Anweisungen und läßt sich von ihr lenken. Ohne zu zögern rät sie dann der Freundin, die Arbeitsstelle, die Wohnung, den Liebhaber oder auch den Ehemann zu wechseln, gibt Modetips, Ratschläge für ein bestimmtes Hairstyling, eine Menüfolge fürs Abendessen, empfiehlt Ärzte, Kosmetikerinnen, Fitneßcenter, Geschäfte, Reiseziele, Sparkonten und Geldanlagen. Sie bereitet im Namen der Freundinnen auch Briefe und Ansprachen vor: Wenn es darum geht, sich zu verloben oder zu entloben, Gehaltserhöhung zu fordern, Putzfrauen zu entlassen, Frieden mit jemandem zu schließen, den Lehrern zu erklären, daß die Kinder trotz schlechter Leistungen in der Schule in Wirklichkeit reizende, intelligente und fleißige Jungen und Mädchen sind. Auch wenn es vorkommt, daß diese schönen Wortergüsse genau die entgegengesetzten Ergebnisse zeitigen oder daß die ausgeklügelten Lösungen zum Schluß beileibe keine Lösungen sind.

Die Freundinnen, vor allem die alleinstehenden, werden ihrer dennoch nicht müde; das Zusammensein mit ihr ist nämlich so, als sei man zu fünft oder zu sechst. Vorsichtiger hingegen sind die schon in gewisser Weise versorgten Freundinnen. Zu Recht, denn Emilia zwingt deren Ehemänner oder Verlobte, wenngleich äußerst diskret, Farbe zu bekennen. Sie hat ihren Spaß daran, zu beobachten, wie sie einen Abend, einen Nachmittag, einen Vormittag, einen Sonntag oder auch ziemlich viele Abende, Nachmittage, Vormittage und Sonntage fern von zu Hause verbringen, um mit ihr ins Bett zu gehen. Sie bestehen darauf, denn das waren doch die Abmachungen, die sie mit den vielen Blicken, den wiederholten heimlichen, aber keineswegs nur eingebildeten Berührungen getroffen hatten, oder nicht?

Auch wenn Emilia ganz bestimmt Blicke gekreuzt hat, sich eine Hand ziemlich tief zwischen die Beine hat legen und sich mehrmals wie zufällig die Brustwarzen hat streifen lassen, erwägt sie doch immer sorgfältig, ob es angebracht ist, dem Begehren der Überläufer entgegenzukommen. Und schamlos bringt sie es fertig, sich höchst erstaunt zu zeigen und so zu tun, als wüßte sie von nichts. Zimperlich macht sie einen Rückzieher und bringt die Männer völlig durcheinander: »Was glaubst du denn, was hast du dir denn in den Kopf gesetzt, bist du gar übergeschnappt, wofür hältst du mich eigentlich?« Oder sie zieht die Zeit des Werbens um ihre Gunst innerhalb der knappen Zeit, über die die Herbeigeeilten verfügen, bis an die Grenze des Machbaren. Schließlich gibt sie sich ihnen hin, als wäre es eine ganz große Gnade, die sie in ihrem Leben höchstens zwei-, dreimal und nur außergewöhnlichen Männern gewährt hat. Andere Männer wiederum, die sie aus dem einen oder anderen Grund mehr anziehen, überrascht sie voller Ungeduld und mit feuriger Leidenschaft und zwingt sie, entgegen der ursprünglichen Absicht des Bewerbers, die Liebesflucht aus dem Schoß der Familie zu wiederholen.

Nur die schwierigen Fälle wecken tatsächlich Emilias Interesse, solche, die besonders an ihren Verlobten und Ehefrauen hängen und diese natürlich nie verlassen würden. Um nicht zu leiden und sich im Stich gelassen zu fühlen, ist sie es für gewöhnlich, die diese Männer wegschickt, möglichst dann, wenn's am schönsten ist, bevor der Reiz des Unbekannten abnimmt und die Männer wegen ihres Doppellebens unter Druck ihre Besuche immer spärlicher ausfallen lassen.

Trotzdem leidet Emilia, weil sie wieder allein ist und es nur mit Männern zu tun hat, die sie langweilen, während die anderen, die das nicht täten, aus unerklärlichen Gründen vorsichtig auf Distanz gehen und fest in den Händen einer anderen Frau sind, die weniger originell und intelligent und passend für sie ist als Emilia. Auch wenn es ihr gelingt, diese Männer aus ihrem Versteck zu locken, muß sie mit ansehen, wie sie nach kurz aufflackernder Leidenschaft wieder in ihren Alltagstrott zurückkehren. Ja, es stimmt, sie wurden von Emilia zu diesem Schritt gezwungen, aber im Grunde sind sie auch froh, ihr entkommen zu sein. Zurück im sicheren Hafen der Ehe, hüten sie sich davor – und Emilia wird fast wahnsinnig vor Wut –, dieses Thema erneut anzuschneiden, und bestehen nicht einmal pro forma darauf, den alten Zauber noch einmal aufleben zu lassen. Emilia bleibt nichts anderes übrig, als jene vom Glück geküßten Frauen zu beneiden, die entgegen jeder Logik Lebenspartner an ihrer Seite haben, die sie ihrer Meinung nach überhaupt nicht verdienen. Früher beneidete sie sie nur beiläufig, doch im Laufe der Zeit und aufgrund der immer gleichen Niederlagen hegt sie immer glühenderen Neid. Sie ist jedoch außerstande, sich diesem Gefühl zu überlassen, und verschleiert es geschickt auch vor sich selbst. »Es handelt sich nur um eine gewisse Geringschätzung«, sagt sie sich, »ein wenig Verärgerung, eine kleine Abneigung, im Höchstfall etwas Eifersucht. Das wird sich schon wieder geben«, sagt sie sich, obwohl sie weiß, daß sich nichts geben wird. Als Therapie verdoppelt sie das Maß an Aufmerksamkeit, die sie den beneideten Frauen schenkt. Sie konzentriert sich krampfhaft auf deren attraktive Seiten, die Arglosigkeit oder Herzensgüte, die Vernunft oder den Sinn fürs Praktische.

Aber bald schon, als breite sich erneut das Gift in ihr aus, erscheinen ihr die Arglosigkeit wie Einfalt, die Herzensgüte beinahe wie Dümmlichkeit, die Vernunft nur wie ein kleinliches Kalkül und der Sinn fürs Praktische wie Mangel an Phantasie. Und die Haltung, zu der sie sich zwingt, die Heiterkeit und Leichtigkeit, die sie auf Teufel komm raus an den Tag legen will, lasten schwer auf ihr wie anhaltendes Kopfweh, wie ein Stich, der durch keine Creme und keine Massage zu lindern ist.

In dem unterirdischen Kreislauf ihrer geheimen Gefühle schwillt der Neid zuweilen so heftig an, daß ein Toben daraus wird, das die Mehrheit der Frauen erfaßt. Nicht nur die Frauen in ihrer Nähe, die Freundinnen, die Verwandten und Bekannten, sondern auch die anderen, mit denen sie nur kurzfristig zu tun hat – die Apothekerin, die Friseuse, die Kassiererin im Supermarkt, die Brotverkäuferin, die Lehrerin ihres Sohns. Die eine findet sie blöd, die andere ist auf Männer fixiert, die nächste ist eine Halsabschneiderin, die Bedienung beim Bäcker ist widerlich, die Lehrerin ist verlogen. Sogar mit den Frauen, über die sie in den Illustrierten liest, legt sie sich an: die Schauspielerin Soundso, die an den Traualtar geht, das Sternchen, das halb nackt posiert, die Sängerin, die beim Fremdgehen ertappt wird, die Ministerin, die eine Erklärung ohne Sinn und Verstand abgibt.

»Was ist denn das für eine Idiotin, so eine dumme Gans, diese habgierige Schlampe, hast du gesehen, was die für Zellulitis an den Beinen hat, schau dir doch die mal an, die hat jede Woche einen neuen, und die nächste, die hat nicht den blassesten Schimmer von italienischer Grammatik.« Die Freundinnen lachen über Emilias Kommentare, denn sie wissen nicht, daß es kein Scherz ist. Sie können sich nicht vorstellen, daß die Aufmerksamkeiten, die Freundlichkeit, die Besorgnis hauptsächlich dazu dienen, daß Emilia sie übertrumpfen und ein paar Meter oder Kilometer an Verdiensten gegenüber der einen oder der anderen gutmachen will. Aus jenem Abstand und mit vollem Recht kann sie sich dann umwenden und sich über den Abgrund Gedanken machen, der sie von ihnen trennt – diesen egoistischen, faulen, ewig jammernden und ideenlosen Weibern, die zur kleinsten Geste aus edlem Herzen unfähig sind.

Sie wissen auch nicht, daß Emilia mit jeder einzelnen von ihnen hinter dem Rücken der anderen schon gestritten hat. Dazu hat sie jede winzige Unstimmigkeit, die sich im Laufe der Jahre zwischen ihnen angehäuft hat, jede unmerkliche, flüchtige Unhöflichkeit, die sie sorgfältig im Gedächtnis aufbewahrt hat, wieder hervorgezogen.

»Du hast das und das getan. Du bist nicht da und dahin gekommen, du bist nicht dorthin gegangen, du hast dieses und jenes vergessen. Du, ja du, hast an deine Männer zu denken. Während ich für dich nichts mehr tun konnte.«

Die Freundinnen wissen eines nicht, daß nämlich ihre immer wieder auftretende Zerstreutheit in Wirklichkeit fast Berechnung ist. Wenn sie der Übergewichtigen ein Stretchkleid, der, die gerade eine Diät angefangen hat, ein Tablett *cannoli*, der, die nur Italienisch spricht, einen Roman auf englisch schenkt, dann tut sie das, um sie zu bestrafen: Die sollen ruhig den Unterschied zwischen sich und ihr, die nicht fett ist, keine Diät machen muß und fließend Englisch liest, zu spüren kriegen. Oder wenn sie Lästereien in Umlauf setzt, jeder eine lustige Perfidie gegen die anderen beschert, tut sie das, um das Wüten im Innern zumindest vorübergehend einzudämmen. Doch erneut schürt sie im stillen den heiligen Zorn, geht eine Freundin nach der anderen durch, zählt deren Fehler und Mängel – oder auch nur den Schatten eines Mangels oder was ihr als solcher erscheint – zusammen.

Sie hat's mit Amélie wegen ihres immer noch sexy Ehemanns, der weiterhin, wenn er gerade mal Lust hat, zerstreut – auch an Emilia – seine Gunst verschenkt; im Grunde aber ist er ein ganz treuer Familienvater und liebevoller Gatte. Bedenkt man, daß Amélie wirklich wahnsinnig ist, eine Fanatikerin mit diesem unermüdlichen Tun und Treiben im Haushalt, in der Küche, um den Göttergatten, für die zwei Kinder, die Schwiegereltern und Schwäger. Wie kann man nur mit einer leben, die nie ruht, um sich neue Dienstleistungen, neue Arbeiten, neue ausgefallene Verpflichtungen auszudenken? Die zu jeder Tages- und Nachtzeit diensteifrig herumschwirrt? Wahrscheinlich sucht sie Vergebung für irgend etwas, wovon wir keine Ahnung haben. Sie beneidet Amélie auch ein wenig wegen ihres Sohns, der trotz des Wahnsinns der Mutter so gelassen und ausgeglichen ist – wesentlich mehr als ihr eigener Sohn, der schüchtern ist und aus unerfindlichen Gründen melancholisch.

Theoretisch dürfte sie keinen Neid wegen Amélies Tochter Renata hegen, ein armes, hübsches Mädchen, das ob der vielen Filme, die sie sich ansehen darf, ein bißchen überdreht ist. Sie geht sogar zweimal am Tag ins Kino, wäre es nicht besser, wenn sie sich mehr ihren schulischen Verpflichtungen widmete? Ein paar gute Noten würden ihr die Selbstsicherheit vermitteln, an der es ihr mangelt. Sie wäre nicht heillos unzufrieden mit sich, weniger verzweifelt. Man braucht kein Psychologe sein, um zu begreifen, daß sie vernachlässigt worden ist. Sie ist total verwöhnt – sie ist nicht mal imstande, ihr Bett selbst zu machen oder sich einen Milchkaffee zu kochen oder einen Pulli zu bügeln –, aber letztendlich ist sie doch sich selbst überlassen. Mit diesem Mädchen muß es zwangsläufig ein schlimmes Ende nehmen. Jeder vernünftigen Überlegung zum Trotz ist Emilia auch auf Renata ein wenig neidisch, weil sechzehn sein schon an und für sich beneidenswert ist. Oder wer weiß, warum, weil sie liebenswert ist, große, sanfte, dunkle Augen hat und nicht wie sie winzige Knopfaugen und wegen des ewigen Herumbohrens in fremden Angelegenheiten einen stechenden Blick.

Francesca verachtet sie ob ihrer Disziplinlosigkeit. Wäre sie mit einem solchen Busen gestraft, sagt sich Emilia, würde sie einfach ein Jahr lang nichts mehr essen, nur Steaks und Äpfel, ein ganzes Jahr lang – und hast du nicht gesehen, wie viele Kilos sie verlieren würde! Aber sie neidet ihr auch eine gewisse Unverfrorenheit, mit der sie sich manchmal tief ausgeschnittene Kleider anzieht, so daß jedermann gezwungen ist, gebannt auf ihre Brüste zu starren. Die Männer werden natürlich ganz scharf und sterben bald vor Gier, sie ausziehen zu dürfen. Und sie läßt sie ran, das ist klar, mit eindeutigem Genuß läßt sie sie gewähren. Francesca schwört zwar das Gegenteil und behauptet, ihre Übermaße zu hassen, aber es ist klar, daß sie insgeheim auch Lust empfindet. Emilia ist sich sicher, daß Francescas Liebesleben wesentlich aufregender und lustiger ist als das eigene. Im Vergleich zu den Männern, die sie bei der Freundin zu Hause gesehen hat, wirken ihre Verehrer schal und ohne echten Schwung.

Über Margherita gibt es wenig zu sagen. Ihrer Padrona ist sie dermaßen hörig, daß sie sogar deren Hunde liebgewonnen hat. Diese grauenhaften Rassehunde, die keinem gefallen können, die sie schon ein paarmal gebissen haben und die auf der Straße immer wie wahnsinnig an der Leine zerren. Seit neuestem hat Margherita auch die Sprechweise ihrer Herrin übernommen, die E und O spricht sie jetzt geschlossen, mit spitzem Mündchen. Die Gehirnwäsche bei Margherita war so gründlich, daß sie sogar eine neue Arbeit abgelehnt hat, nichts Außerordentliches, aber immerhin hätte sie sich aus den Klauen dieser Hexe befreien können. Und doch wirkt sie glücklich und zufrieden, allzu zufrieden. Wahrscheinlich treibt sie es, sagt sich Emilia, mit einem Bruder, einem Cousin, einem Neffen, irgendeinem Verwandten, mit jemandem, der Freund des Hauses ist, ansonsten könnte sie nicht die ewig lächelnde Sklavin spielen. Denn Margherita hat keinen guten Charakter, sie ist nicht sanft, wie es nach außen wirkt, sondern vielmehr jähzornig, genau wie ihre Herrin.

Cristina beneidet sie allen Ernstes. Nun, sie mag

zwar das Krankenschwestersyndrom haben, aber auf gewisse Weise betrachtet sie sie als ihre Rivalin. Sie ist verwegen, liebt ihre Freiheit und greift sich die Männer ihrer Freundinnen ganz ungeniert, keineswegs im verborgenen. Sie ist also mutiger als Emilia, was diese sehr bedauert. Sie ist eine Aufschneiderin, unanständig, verlogen, durchgeknallt, lacht sich ins Fäustchen, wenn jemandem ein Unglück geschieht, aber sie hat keine Angst vor nichts – weder die anderen zu beleidigen noch zu altern, noch allein zu bleiben, und das macht aus ihr auf gewisse Weise die stärkste von allen. Das brennt Emilia auf der Haut, denn unter allen Frauen, die sie kennt, möchte sie die Beste sein.

Über Ludovica kann man nichts mehr sagen. Es ist nun mal gekommen, wie es kommen mußte. Es war wirklich ein aussichtsloser Fall, ganz ohne Zweifel. Emilia hat alles getan, was in ihren Kräften stand, um dem Mädchen etwas beizubringen, damit sie diesen Halunken von Verlobten so behandelte, wie er es verdiente. Sie hat versucht, sie anzutreiben, ihr Mut zu machen, hat Reden für sie entworfen, eindeutige Worte aneinandergereiht, hat Ausflüchte und Verweigerungen ersonnen, aber es hat alles nichts gebracht. So ein dummes, dickköpfiges Mädchen. Und alles wegen dieses eingebildeten Hampelmanns, der gefährlich war wie alle schwachen und unsicheren Männer. Aber Ludovica war wahnsinnig verliebt,

Emilia kann sich nicht erinnern, es je in dem Maße gewesen zu sein. Und dieser Gedanke ist wie ein kleiner Stachel, der sich in ihr Innerstes bohrt.

Fabrizia kann zu allem Unglück schreiben, wozu Emilia nie in der Lage wäre. Schlimmer noch, Fabrizia hat ein Buch veröffentlicht, das manche sogar gelesen haben. Ein schlichtes Buch, natürlich, in dem die verschrobene und unrealistische Geschichte einer Frau erzählt wird, die ein bißchen zu sehr Fabrizia ähnelt; wahrscheinlich handelt es sich um eine Art Autobiographie, auch wenn die Autorin das hartnäckig bestreitet. Es ist auf jeden Fall ein Buch, das in der einen oder anderen Zeitung besprochen wurde. Ansonsten ist ihr Leben halbwegs ein Desaster: Tagtäglich ist sie umgeben von unerzogenen, ignoranten Schülern. Aber das Schreiben bedeutet für sie Rettung, ein geheimnisvoller, zufälliger, vielleicht auch unverdienter Umstand. Wie nur kann ein solches Frauchen mit einer derartigen Begabung auf die Welt kommen? Ein Talent, das sie außerdem in den Augen bestimmter Männer interessant macht, die normalerweise nie auf so eine wie sie mit einem solchen Hinterteil aufmerksam geworden wären. Emilia hat sich an einen von ihnen herangemacht, um mit ihm ins Bett zu gehen; der aber hat sie den ganzen Abend lang mit Fabrizia genervt, nichts als Fabrizia. Das hat sie sie selbstverständlich nicht wissen lassen.

Emanuela ist zu gekünstelt, zu affektiert, zu hölzern. Neuerdings hat sie sich einen Gang zugelegt, als wäre sie ständig auf dem Laufsteg. Sie kleidet sich auch so, als wäre sie auf einer Modenschau, und sie trägt nur Designerklamotten. Woher sie bloß das Geld dafür nimmt? Dann hat sie auch angefangen, sich gewählt und vornehm auszudrücken, läßt englische und französische Begriffe aus den Modeheften einfließen, in die sie stets vertieft ist, als wären sie das Evangelium. Ihr gesamtes Wissen bezieht sie aus den Illustrierten; nicht eine Idee in ihrem Kopf stammt von ihr selbst oder ist auf autonome Weise aufgrund einer Überlegung oder im Rahmen einer Diskussion zustande gekommen, alles hat sie aus den Zeitschriften: Hat sie ein Problem in der Liebe, am Arbeitsplatz, einen Verdacht wegen einer Krankheit, ist unsicher in bezug auf Schönheitspflege, Mode, Verhalten, wendet sie sich nicht etwa an die Freundinnen, wie es eine normale Person täte. Nein, sie blättert ihre Zeitschriften durch. Kennt einer Emanuela nicht näher, nur so vom Sehen, und hat sie noch nicht den Mund aufgemacht, ist sie gar nicht mal schlecht. Wahrscheinlich lebt sie auf Diät, macht Gymnastik, um so in Form zu bleiben; wahrscheinlich hat sie aber auch noch etwas anderes an ihrem Gesicht gemacht, hat Emilia den Verdacht. Es ist doch nicht möglich, daß sie nicht eine einzige Falte hat, während vor noch nicht allzulanger Zeit, so erinnert sie sich, welche da waren. Auch die Nase kam ihr vor einiger Zeit länger vor. Die Ergebnisse so vieler Anstrengungen können sich sehen lassen, vergeht doch nicht eine Woche, ohne daß Emanuela sich mit einem neuen Freund an ihrer Seite zeigt; es hält nie lange, das stimmt, aber es ist schon mehr als genug für eine blöde Kuh wie sie.

Blöd ist auch Stefania, weil sie es nicht schafft, sich diese Mutter vom Leib zu halten, dieses schreckliche Weib, das ihr das Leben verhunzt, sie mit ihren Phobien peinigt und sie nicht eine Sekunde in Ruhe läßt. Vergeblich hat Emilia ihr schon unzählige Male erklärt, daß sie sich mehr Freiraum schaffen, die Attacken der Mutter abwehren und weniger auf sie hören soll. Aber Stefania ist es nie gelungen, ihrer Alten länger als für einen halben Tag die Stirn zu bieten. Für sich selbst macht sie im Grunde nichts, sie hat weder eine eigene Wohnung noch einen Mann, noch ihren Platz; auch keinen Urlaub. Nicht mal mit den Freundinnen ist es ganz einfach, denn die Mama erträgt es nicht, über längere Zeit allein zu sein. Praktisch hat Stefania nur ihre Arbeit für sich, aber mit ihrem Beruf als Bibliothekarin, auch wenn sie den mit Leidenschaft ausübt, kann sie nur schwerlich Neid erregen. Und nicht mal wegen ihres Aussehens mit den leicht angegrauten Haaren kann Emilia eine ähnliche Aversion ihr gegenüber empfinden, die sie für die anderen ausbrütet.

Stefania hat etwas Entwaffnendes an sich: In ihrer Gegenwart kann sie sich erholen. Sie muß nicht ständig deren Leib und Seele, Stimme und Lächeln, Vergangenheit und Gegenwart, Absichten und Gesten unter die Lupe nehmen, um zu entdecken, weshalb die Freundin besser, glücklicher ist und vom Schicksal mehr verwöhnt wird als sie. Bei ihr ist Emilia dem Kontrollieren und Vergleicheziehen enthoben, sie braucht nicht dringend jedes Detail ihrer beider Leben gegeneinander abzuwägen. Mit ihr kann sie es sich leisten, keine Show abzuziehen, oder wenn, dann nur eine kleine; ihr gegenüber ist sie vom Zwang befreit, zu neiden und den Neid zu verbergen. Emilia verbringt mehr Zeit mit ihr als mit den anderen, als könnte sie von ihr das Heilmittel gegen die Bitterkeit beziehen, die sie vergiftet.

Plötzlich aber hat sie deutlich den Eindruck, als wäre die Umgänglichkeit Stefanias in Wirklichkeit eine große Ruhe, ein innerer Frieden, wie sie ihn selbst niemals erreichen wird.

Inhalt

Isabella Bossi Fedrigotti

Zwei Schwestern aus gutem Hause

Roman. Aus dem Italienischen von Sigrid Vagt. 240 Seiten. SP 2182

Liebe, Haß und Eifersucht sind die Gefühle, die die beiden Schwestern Clara und Virginia ein Leben lang verbinden. Gemeinsam in einem großbürgerlichen Südtiroler Landhaus aufgewachsen, könnten sie verschiedener nicht sein: Clara, die jüngere, dunkelhaarig, melancholisch, verschlossen; Virginia dagegen eine blonde Schönheit, lebenshungrig und rebellisch gegen die längst überholte Lebensweise ihres Elternhauses. Doch ist Clara wirklich die Edle, Tugendhafte, die von ihrer leichtlebigen Schwester um das Lebensglück gebracht wurde? Ein raffinierter Frauenroman, ausgezeichnet mit dem Premio Campiello.

»Auffällig ist die von Isabella Bossi Fedrigotti gewählte Form, und man könnte spekulieren, ob hierdurch autobiographische Momente in die Erzählung einfließen. Denn ungewöhnlicherweise ist der erste Lebensrückblick der jüngeren Schwester Clara in der zweiten Person geschrieben, die nachfolgende Lebensgeschichte der Virginia dagegen in der ersten Person, wodurch der Eindruck einer größeren Zuneigung zu ihr vermittelt wird.
Aus dieser erzählerischen Konfrontation resultieren im wesentlichen die Spannung und der Reiz dieses Romans; für den Leser erhellen sich zudem viele Geschehen... Ein versöhnliches Ende, so ahnt man, wird es für die beiden Damen nicht geben.«

Die Welt

Palazzo der verlorenen Träume

Roman. Aus dem Italienischen von Viktoria von Schirach und Barbara Krohn. 240 Seiten. SP 2718

Liebling, erschieß Garibaldi!

Roman. Aus dem Italienischen von Ursula Lenzin. 204 Seiten. SP 2331

Mit der romantischen Geschichte ihrer Urgroßeltern schildert Isabella Bossi Fedrigotti die Welt einer Adelsfamilie in politisch brisanter Zeit.

SERIE PIPER

Elsa Morante

La Storia

Roman. Aus dem Italienischen von Hannelise Hinderberger. 631 Seiten. SP 747

Während und nach dem Zweiten Weltkrieg ereignet sich das Schicksal der Lehrerin Ida und ihrer beiden Söhne. Elsa Morante entwirft ein figurenreiches Fresko der Stadt Rom mit den flüchtenden Sippen aus dem Süden, dem Ghetto am Tiber, den Kleinbürgern, Partisanen und Anarchisten. Der Roman war neben Tomasi di Lampedusas »Der Leopard« und Ecos »Der Name der Rose« der größte italienische Bestseller der letzten Jahrzehnte.

La Storia das heißt: *Die Geschichte* im doppelten Sinn des Wortes. Elsa Morante breitet in diesem Roman das unvergleichliche und unverwechselbare Leben jener Unschuldigen vor uns aus, nach denen die Historie niemals fragt.

In Italien, in Rom, erleben Ida und ihre beiden Söhne den Faschismus, die Verfolgung der Juden, die Bomben. Nino, der Ältere, der sich vom halbwüchsigen Rowdy zum Partisanen und dann zum Schwarzmarktgauner entwickelt, ist ein strahlender Taugenichts. Sein Bild tritt zurück vor der leuchtenden Gestalt des kleinen Bruders Giuseppe, dem es nicht beschieden ist, in dieser Welt eine Heimat zu finden. Trotzdem ist seine kurze Laufbahn voller Glanz und Heiterkeit. In seiner seltsamen Frühreife besitzt der Junge eine größere Kraft der Erkenntnis als die vielen anderen, die blind durch die Geschichte gehen, eine Geschichte, die alle zu ihren Opfern und manchmal auch die Opfer zu Schuldigen macht.

Der Roman ist in einer dichten und spröden Sprache geschrieben, die den Fluß der Erzählung mit psychologischer und historischer Deutung aufs engste verbindet.

»Diese Geschichte ist der... nein, gewiß nicht ›schönste‹, aber der aufwühlendste, humanste und vielleicht wirklich der größte italienische Roman unserer Zeit.«

Nino Erné in der WELT

SERIE PIPER

Antonio Tabucchi

Piazza d'Italia

Eine Geschichte aus dem Volk in drei Akten, mit einem Epilog und einem Anhang. Aus dem Italienischen von Karin Fleischanderl. 188 Seiten. SP 3031

Eine phantastische und hintergründige Familienchronik über drei Generationen aus dem Dorf Borgo – erzählt von Antonio Tabucchi. In einem bunten Kaleidoskop erscheinen die Lebensläufe der kleinen Helden, Anarchisten und Deserteure und ganz nebenbei die große Geschichte Italiens von den Tagen Garibaldis bis zur Zeit nach dem Zweiten Weltkrieg: wie die jungen Rebellen mit Garibaldi für die Einigung Italiens in den Krieg ziehen, wie sie von Jagdaufsehern des Königs erschossen und wie siebzig Jahre später die Anarchisten von den Faschisten erpreßt werden. Die Geschichte fegt jedesmal wie ein Wind über den Dorfplatz hinweg, nimmt ein paar Dörfler mit – und läßt doch alles beim alten. Dieser erste Roman Tabucchis, geschrieben vor einem Vierteljahrhundert, zeugt bereits von der karnevalesken Lust seines Autors am Umkehren der Zeitläufe, am Vermischen der Bilder und von der Intensität seiner poetischen Sprache.

»Wer Antonio Tabucchi nicht kennt, dem empfiehlt sich dieses Buch zur Erstbegehung seines Spiegelkabinetts.«
Frankfurter Allgemeine Zeitung

SERIE PIPER

Sándor Márai

Bekenntnisse eines Bürgers

Erinnerungen

Aus dem Ungarischen von Hans Skirecki. Herausgegeben von Siegfried Heinrichs. 420 Seiten. SP 3081

»Bekenntnisse eines Bürgers«, 1934 erschienen, ist die beeindruckende Selbstbiographie eines Europäers, der 1900 in der Provinz der Donaumonarchie als Sohn deutschstämmiger Ungarn geboren wurde. Feinsinnig und amüsant schildert er seine Kindheit und Jugend im Städtchen Kaschau. Seismographisch genau zeichnet er dann den Zusammenbruch der alten Ordnung im Ersten Weltkrieg auf und schließt seine Studien- und Wanderjahre in Deutschland, Frankreich, Italien und England an, nun an seiner Seite Lola, die er, mittellos, aber gierig nach dem »ernsthaften Leben«, noch als ganz junger Mann heiratete. Seine Begegnungen mit Künstlern, Schriftstellern und Schauspielern der wilden zwanziger Jahre führen den Narrenreigen der Bohème seiner Zeit vor allem in Berlin vor. Sándor Márais feine Lakonie, sein warmer Humor, die Eleganz und Brillanz seiner Sprache einerseits, die präzise Beobachtung und kühle Distanz seiner Erzählhaltung andererseits stellen ihn an die Seite von Autoren wie Elias Canetti, Gregor von Rezzori oder Max Aub, wurzellose Europäer mit enormer erzählerischer Kraft.

»Die ›Bekenntnisse‹ sind von einer Wahrhaftigkeit, die das Leiden bis zum Kippmoment unerträglicher Intensität vorantreibt. Erst dort, am Boden eines scheinbar zerstörten Lebens, beginnt der Aufstieg.«
Frankfurter Allgemeine Zeitung

SERIE PIPER

Dacia Maraini

Bagheria

Eine Kindheit auf Sizilien. Aus dem Italienischen von Sabina Kienlechner. 171 Seiten. SP 2160

»›Bagheria‹ ist ein schönes und kluges Buch, ganz fern von allen Klischeevorstellungen vom Tourismus-Sizilien, und dazu ein Buch über eine Vielzahl eigenwilliger und begabter Frauen …«

Die Presse

Die stumme Herzogin

Roman. Aus dem Italienischen von Sabina Kienlechner. 342 Seiten. SP 1740

»Ein vollkommen geglückter Roman, der ein faszinierendes Frauenleben einer längst untergegangenen Epoche ausbreitet, vor allem aber eine überaus kundige und bewegende Liebeserklärung an das alte Sizilien.«

Die Presse, Wien

Liebe Flavia

Roman. Aus dem Italienischen von Viktoria von Schirach. 210 Seiten. SP 2982

»Es ist der Kinderblick der Erzählerin, der dem Buch den Ton, die Spannung und auch die Weisheit gibt.«

Henning Klüver

Stimmen

Roman. Aus dem Italienischen von Eva-Maria Wagner und Viktoria von Schirach. 406 Seiten. SP 2462

»Man möchte Dacia Maraini mit ihrer leicht unterkühlten, stets ein wenig ironischen Schreibweise in eine Reihe stellen mit den großartigen englischsprachigen Kriminalschriftstellerinnen.«

Literatur heute

Nachforschungen über Emma B.

Aus dem Italienischen von Sigrid Vagt. 233 Seiten. SP 2649

Wer war Emma Bovary wirklich? Dieser Frage geht Dacia Maraini nach und wirft ein völlig neues Licht auf den Roman.

Erinnerungen einer Diebin

Roman. Aus dem Italienischen von Maja Pflug. Mit einem Nachwort von Heinz Willi Wittschier. 383 Seiten. SP 1790

Fasziniert von der unkonventionellen Art Teresas beschloß Dacia Maraini 1972 über die »Diebin«, die sie bei einem Gefängnisbesuch in Rom kennenlernte, ein Buch zu schreiben.

Carlo Fruttero &
Franco Lucentini

Das Geheimnis der Pineta
Roman. Aus dem Italienischen von Burkhart Kroeber. 448 Seiten. SP 3100

Der Liebhaber ohne festen Wohnsitz
Roman. Aus dem Italienischen von Dora Winkler. 319 Seiten. SP 3101

Der Palio der toten Reiter
Roman. Aus dem Italienischen von Burkhart Kroeber. 220 Seiten. SP 3102

Die Sonntagsfrau
Roman. Aus dem Italienischen von Herbert Schlüter. 527 Seiten. SP 3103

Wie weit ist die Nacht
Roman. Aus dem Italienischen von Herbert Schlüter und Inez de Florio Hansen. 571 Seiten. SP 3104

Du bist so blaß
Eine Sommergeschichte. Aus dem Italienischen von Dora Winkler. 68 Seiten. SP 694

Das italienische Autorenduo hat eine meisterliche kleine Etüde geschrieben, eine witzige und bösartige Kritik an der italienischen Sommerkultur.

Die Farbe des Schicksals
Eine Erzählung. Aus dem Italienischen von Burkhart Kroeber. 111 Seiten. SP 1496

Ein ironisches Kabinettstück über die Macht des Schicksals.

Ein Hoch auf die Dummheit
Porträts, Pamphlete, Parodien. Ausgewählt von Ute Stempel. Aus dem Italienischen von Pieke Biermann. 331 Seiten. SP 2471

Der rätselhafte Sinn des Lebens
Ein philosophischer Roman. Aus dem Italienischen von Dora Winkler. 143 Seiten. SP 2332

Carlo Fruttero &
Franco Lucentini
Charles Dickens

Die Wahrheit über den Fall D.
Roman. Aus dem Englischen und Italienischen von Burkhart Kroeber. 544 Seiten. SP 1915

»550 Seiten raffiniert-spannende Unterhaltung für anspruchsvolle Krimi-Fans. Und ein intellektueller Riesenspaß für mitdenkende Hobby-Schnüffler(innen).«
Cosmopolitan

Madeleine Bourdouxhe

Gilles' Frau

Aus dem Französischen von Monika Schlitzer. Mit einem Nachwort von Faith Evans. 166 Seiten. SP 2605

Madeleine Bourdouxhes Drama einer zerstörerischen Leidenschaft ist eine Wiederentdeckung von höchstem literarischen Rang. Die leidenschaftliche Dreiecksgeschichte zwischen Elisa, ihrer Schwester Victorine und Gilles ist in ihrer Direktheit und Ausweglosigkeit ein Glanzstück der klassischen Moderne: Sinnlich, kühn – und von kammerspielartiger Intensität.

»Schwer zu sagen, was beeindruckender an der Leistung Madeleine Bourdouxhes ist: die kühle Liebe zu ihren Figuren oder die unsentimentale, aber doch fast zärtliche Darstellung ihrer Zerrüttung ... Madeleine Bourdouxhe formt kleine Szenen aus dem Alltag zu einer klassischen Tragödie. Mit einer kühlen, präzisen Sprache entwirft sie Bilder von höchster Anschaulichkeit und Glaubwürdigkeit, Stilleben der Seele, die den Leser durch ihre innere Spannung sofort fesseln. Gerade die scheinbar ruhig distanzierte Darstellung schafft einen Sog der Erzählung, dem man sich nicht entziehen kann. Da ist kein Wort zuviel, und jeder Satz zieht den Leser tiefer hinein in diese verhängnisvolle Affäre.«
Die Woche

Auf der Suche nach Marie

Roman. Aus dem Französischen von Monika Schlitzer. Mit einem Nachwort von Faith Evans. 192 Seiten. SP 2969

»Dieser Roman ist einer der schönsten Liebesromane, die es momentan zu lesen gibt.«
Die Woche

Wenn der Morgen dämmert

Erzählungen. Aus dem Französischen von Monika Schlitzer und Sabine Schwenk. 152 Seiten. SP 2067

»Sie wurde in der französischen Literaturszene gefeiert wegen ihrer subtilen und dichten Sprache, wegen ihrer genauen Beobachtungen und vor allem wegen der ungeheuren Intensität, mit der Madeleine Bourdouxhe Ängste, Hoffnungen, Stimmungen und Stille beschreibt.«
Der Spiegel